ETRENNES

TOURQUENNOISES

ET LILLOISES,

OU RECUEIL

DE PASQUILLES

ET DE CHANSONS

Facétienses et plaisantes, en vrai patois de Lille et de Tourcoing, par feu F. DE COTTIGNIES, dit BRULE-MAISON, et autres.

Ce Recueil est orné de gravures et des airs notés si nécessaires à l'originalité de ce genre de chansons.

SECONDE PARTIE.

Crie grace u ten'dara enc...

CHANSONS
TOURQUENNOISES
ET
LILLOISES,

AVEC LES AIRS NOTÉS,

Par feu F. De Cottignies,
dit *BRULE-MAISON*, et
autres.

II.e PARTIE.

A LILLE,
De l'Imprimerie de Blocquel.

CHANSONS
TOURQUENNOISES
ET
LILLOISES.

HISTOIRE PLAISANTE
Arrivée à Tourcoing.

Air : *Ecoutez l'aventure* , noté
n.º 1.er

Il faut que je vous chante ;
Messieurs dans ce moment,
Unne histoire fort plaisante,
D'un bon gros paysan ;
Et d'un jeune Flamand,
Qui fut bonté en cage,

Il n'y a point long-temps
Dans Tourcoing beau bourgage.

Ce paysan sans feintise,
Comme il étoit marchand ,
Alloit à marchandises ,
A Bruges, aussi à Gand ;
Un Flamand du canton ,
Lui dit en assurance :
Ze lai mon petit garçon,
Toi li faire parlir France.

Le Tourquennois habile,
Répond à ce Flamand ,
Il n'y a nul vard des villes,
U qui parle si bien,
Ni qu'un parle pu drot,
Que den notre bourgage ;
Ten fieu , avant trois mos ,
Saura bien not langage.

Je m'fie à ton parole ,
Répondit le Flamand ;
Dans Tourcoing à l'école.
Tu l'mettra mon enfant ;
Monsieu, ne craignez rien ,
Y sera en assurance ;
A Tourcoing, l'un apprend
Fort bien la bienséance.

Après bien des louanges ;
Le Flamand et le Wallon,
Ils ont fait un échange
Chacun de leur garçon ;
Le fils du Tourquennois
Fut demeurer en Flandre ;
L'autre pour parler François,
A Tourcoing fut se rendre.

Le Flamand dans l'école,
N'apprenoit rien du tout,
Il étoit sans frivole,
Moins sage encore plus fou ;
Quand on seroit vingt ans
Dans Tourcoing beau bourgage,
Je défie qu'un Flamand,
Apprenne leur langage.

Le Tourquennois se fache,
Voyant que ce garçon,
N'avoit aucune attache
Pour apprendre Wallon ;
Je te donnerai du bâton
Comme un donne à un âne,
Le Flamand lui repond :
Menyer canniverstane.

Le Tourquennois en rage,
Lui dit à haute voix,

Je te mettrai en cage,
Pour ti parlé François ;
Tou d'même qu'un paroqué,
Je te mettrai en guéole,
T'appreudra à parlé
Putette chonque six paroles.

Ch'Tourquennois sans frivole,
A fé faire tout de bon,
Unne hielle grand gnéole.
Pour mettre che garchon ;
L'ayant fait entré deden,
L'a élevé à l'molette,
Et l'a pendu fort bien,
An mittant del salette.

Se voyant dans la càge,
Ce pauvre garçon Flamand ;
Parloit dans son langage.
Pleuroit amèrement.
Menyer, Mengod, Menyer,
Ney canispreque France ;
Tay ce misérable pleysir,
Moi la yenne grande souffrance.

Dans sa folle entreprise,
Ce gros lourd paysan,
Continuoit ses sottises.

Sûr ce garçon Flamand ;
Il lui disoit larron ,
Te voilà dans la cage
Si t'napprend le Walon;
Te n'aura point d'potage.

Après quelques semaines ,
Le père de che garçon ,
A Tourcoing se promène ,
Entra den se mason ;
Apperçu son garçon ,
Deden unne guéole ,
Et pour cette action
Réprimanda le drôle.

Commençant son arrangue ,
Il dit à ce Flamand ,
Pour apprendre la langue
Je l'ai mis là deden ;
Pour apprendre un paroquet
Un les met den des cages,
Mi tout du même j'ai fait,
Pou qui eu su l'langage.

Tu l'est unne lour de bête,
Dit alors le Flamand ,
Je te casserai ton tête ,
T'a l'a mis mon enfant;

De sa canne cent fois,
Frappa tant qu'il fut lasse,
Dessus le Tourquennois
Qu'il le fît crier grâce.

Si quelqu'un veut apprendre
A parler bon François,
Il n'a qu'à s'aller rendre
Auprès des Tourquennois ;
Ce sont des gens d'esprit,
Pour savoir leur langage,
Pour avoir plutôt appris
Ils vous mettront en cage.

CHANSON

Sur les différens costumes que prenoit Brûle-Maison en débitant ses chansons.

Air noté n.° 2.

J'AI fait faire un habit de plumes,
Pour gagner ma vie à chanter ;
Cela me fera espérer,
Que je ferai bien ma fortune ;

Je suis ravis d'un grand bonheur,
D'avoir un habit de si belle couleur.

Un jour je me suis mis en tête,
D'avoir un habit galonné,
N'en voilà un tout façonné,
C'est pour moi les dimanches et
    Fêtes,
J'ai épargné un peu d'argent,
Car pour les galons, il n'en coûte
    pas tant.

Quoique mes poches sont un peu
    grasses,
J'y mets du lard pour le certain,
Du beurre, du fromage et du pain,
Cela n'est-il pas bien commode ?
Il n'y a point d'armoire chez nous,
Il faut que mes poches me servent
    pour tout.

En rappant du tabac dessus ma
    rappe,
La poussière a volé si fort,
Qu'elle a gâté mon justo-au-corps,
De beau fin drap, n'est ce pas dom-
    mage ?
Il vient d'Hollande assurément,

Le drap est si fin qa'il voleroit au
vent.

Deux Turquennois m'appercevant
de loin,
Un d'eux dit à son compagnon,
Voilà la-bas Brûle-Maison,
Equipé comme un Capitaine;
Il a volé son juste-au-corps,
Ou bien il a mis quelque part un
homme à mort.

Entrant dedans un bocage,
Où jé manqué d'être tné;
Par un chasseur bien avisé,
Me prit pour un oiseau sauvage,
Dedans ce temps j'aurois voulu,
Pour un écu blanc de l'avoir vu
pendu.

En arrivant dedans la ville,
Là où je me suis arrêté,
Et je me suis mis à chanter,
Il y avoit quantité de filles,
Aux unes aux autres se disions,
Que n'est-il caché dessous mon
cotillon.

La fille d'un Apothicaire,
A sa mère dit en secret :
Voilà la-bas un perroquet,
Ah ! que n'est-il dedans ma cham-
        bre ;
Ce seroit pour mon reveil matin,
Je le nourrirois qu'il ne m'en cou-
        t'roit rien.

L'ORGUE AUX CHATS.

En Patois de Tourcoing.

Air noté n.º 3.

QUIANTONS d'un Tourquennois,
U'ne histoire nouvelle,
Non, jamé de Lillois,
Ne d'a fé de pas belle :
Y a voulu, on l'prouvera,
Jué des orgnes avec des cats.

Eunne fiette au matin,
A Tournai un le menne,

A l'Abbaye de Saint Martin,
Vende des becachaine ;
Quant un a eu tout acaté,
A ouï l'sorgue chifflotté.

Les grosses fageoient bou , bon ,
Et les petites tire lire ;
Le Tourqnennois desous ,
Pu en pu les admire ;
Les moyennes orgues à leu tour,
Temps en temps fageoient toure-
    lour.

Le Tourquennois, tout bas,
Demandit à Catelaine :
Aveu quoi fé ton cha ?
Acout'quement qui waine !
Elle y a répondu tout bas :
Chés busiaux sont remplis de cats.

Je m'en doulois dit-y !
Pu en pu y s'enfenouille ;
Accoute en pau, Marie,
Comme chela berdouille !
L'un waine haut et l'autre bas ,
Et l'autre waine la u la.

Revenant à Tourcoing

Che même jonr de fiette,
Busiant sur che point,
Y se mit de wen l'tiette,
Après avoir ouï chela,
De faire d'sorgue aveu des cats.

Au soir et au matin,
Y va de plache en plache,
Les cats do ses vigins,
Les attraper an liache,
Et y n'd'avoit ben deux cartron,
Pour faire che biau carillon.

Il avoit deven s'majon
Eanne vieille écasse d'osil,
Il a mis den le quénon,
Tous ches biaux cats habile;
Mettant les pus gros les premiers,
Et les pu petits les derniers.

Y avoit un gros matou,
Qui n'était jamé lasse;
L'a mit tout l'premier d'tout,
Pour tan mieu faire l'basse;
Et les a tout enclos dewen,
Ches povres cats grainnoient des
        dents!

Tout comme un battelen,
S'accommodant en ordre,
Les loyant par leu queu,
Pendit au bout des cordes,
Des poisses comme un voit drola,
Pour tan mieu faire wainié ches
    cats.

An mitant tout de bon,
Y se mit en posture,
Aveuque un gros bâton,
Y batois le mesure,
Sus les qaeux de ches povres cats,
L'un wainnioit hant et l'autre bas.

Tarois dit tout de bon
Qui juoit du timbale,
Y fageoient mion, mion, mion,
En criant comme un diale !
Et pour mieu attrapé le ton,
Tems-en-tems tapoit du bâton.

Sen fieu se mit deven,
D'eunne fachon nouvielle ;
Y pinchoit de temps en temps,
Ches cats aveu d'zettenielle,
A leu pates et à leu groins,
Jamé comme chés cats grainnioins.

La, sol, fa, mi, ré, ut,
Criant à leux oreilles ;
Tous les vigins réus
D'un tel bruit sans pareille,
Dewen l'mageon sont accouru,
Pensant que tout étoit en fu.

Ayant reconnu leux cats.
Enclos dewen ché l'écasse,
Tout aussitôt Colas
Prit un bâton et passe
Ché ti qui fé morir nos cats ?
Attens, m'en dial, te n'dara.

Sans entende les raigeons,
Qui voloit jué de z'orgues,
Ont pris des gros bâtons,
Tout en fageant des morgues,
Sur le dos du povre luron,
Ont jué des orgues à fachon.

Y l'ont battu tout plat,
Qui l'ont laichié pour mort,
Après ont pris leux cats,
Digeant : reven encore ;
De te panche nous ferons un souf-
      flé,
Nous jurons d'sorgue aveu ten né.

CHANSON

D'un Tourquennois qui a battu sen quien de vergue.

Air : *Quiantons d'un Tourquennois* , noté n.° 3.

QUANTONS à haute voix,
D'un homme qu'on appelle ,
D'un brave Tourquennois ,
Qui a battu sen quien de vergue ,
A cause qui fut tros jours de long,
Sans revenir à se mageon.

Ni avot là alentour
Des grandes lîches caudes,
Che quien courant tros jours ,
Toute à l'hui la raude ,
Sans revenir à se mageon ,
Vela se vendication.

Jurant contre sen quien ,
Faigeant le chentinelle ;
Si jamais qui revient ,
Je l'ien jureaï une bielle :

Y sen souvenera pu d'un jour,
D'avoir couru berdin l'amour.

Che quien a ratourné,
Et y trainot se langue,
Tout tortinant sen cu,
Et tout traînant se panche;
Che pauvre quien mourot de faim,
Quand il a venu den sen gardin.

A loyé bielle z'ess biau,
Sen quien sur unne brouette,
De cordes et des cordiau,
Par les quate pattes et stiette;
Aveuc des vergues par quartron,
Pour faire che l'exécution.

Appellant sen varlé,
Grand corps et ben allerte,
Pour le faire brouté,
Li y sieuvot le brouette,
Aveuc des vergues plein sen bras,
Tappo tros cos tous les huit pas.

Tappant pire qu'un bourriau,
Dessus chel pauvre biette,
A tous z'arbres d'homiau,
Che sot cangeot de vergue.

A sen quien crie che gros butor :
Crie grâce u ten'dara encore.

Ayant fait sen dessein ,
Dessus chel pauvre biette ,
Alentonr du gardin.
A cauffé un pellette ,
Toute ronge che grand-maître sot,
Y lia donné le marque au dos.

Brulant sen poil et se piau ,
De sen dos et ses fesses ,
Che quien crioit si haut,
Qu'un l'entendot de Leers ,
De Watrelos et de Roubaix ,
Chacun l'a vu rien n'est si vrai.

J'avois dit antrefois
De ne pu faire de rôle ,
Dessus les Tourquennois ,
Mais le tour est trop drôle,
Pour n'en point faire unne canchon
Dessus che Tourquennois luron.

◆◆◆◆◆

Arrivant y m'ont vu canté.

BRULE-MAISON

Se fait arrêter comme espion,
passe par Tourcoing, et l'on
fait accroire aux Tourquennois qu'il sera pendu le lendemain sur la place de Tournai.

Air : *De Joconde*, noté n.° 4.

VENEZ entendre une chanson,
Remplie de complesanche,
Des Tourquennois et Brûl'-Maison.
Et d'un parti de Franche ;
Arrête-là, m'ont dit d'abord,
Le fusil en balance,
Di nous a tu un passe-port
De queuque Ville de France ?

Aussi-tôt j'arrête mes pas,
J'ai dit rempli de buse,
Ma foi, Messieurs, je n'en ai pas ;
Voulant faire mes excuses,

Je suis un vendeur de cauchon,
Par les bourgs et les villages :
Pour avoir un passe-port ben bon,
J'ai trop peu de gagnage.

Le sou-partisan grand garchon,
Me dit d'humeur gentille,
N'aiche-point ti Brûle-Majon
Que te cante den Lille ?
Si-tôt je li déclare le vrai,
Oui-dà ché mi-même ;
Il faut venir deden Tournai ;
Lors je venois tout blême.

Un autre dit à haute voix :
Va, va, n'eut point de crainte,
Chez pour vir si les Tourquennois
De ti feront des plaintes :
S'il est vrai qu'il te haïtent tant,
J'en veux vire l'expérience ;
Fait semblant, dit le partisan,
D'être en pau en dolence.

Si-tôt m'ont mené sur che point,
D'Halluin par le village,
Passer à travers de Tourcoing ;
Arrivant au bourgage,
Si-tôt ont crié tout de bon,

Avanche, avanche, avanche,
Venez tertous vir Brûl'-Majon,
Pris d'un parti de Franche.

Che parti pardeden Tourcoing
A bèn resté deux heures,
Pour demander, n'en doutez point,
A rafraichir leu cœur.
Veant que j'étois ben gardé,
Par quatre Mousquetaires;
Après m'avoir tous ravisé,
Va-t'y mal à z'affaires?

Le partisan dit sans fachon,
Si vous volé l'apprendre,
Nous l'avons pris pour espion,
Et nous le ferons pendre:
Il a fé des canchons, pour vrai,
Dessus nous à la guerre;
Venez demain deden Tournai,
Y f'ra un saut en l'aire.

Les Tourquennois si-tôt ont dit,
D'unne maine arrogante,
Il en a fé sur nous aussi
Pour le moins ben quarante:
Chest enn' douche mort d'être pen-
du,

Y mérit' davantage ;
Y doit êtr' brûlé u rompu,
Seul'ment pour no Bourgage.

Si manque cun'crox pour être rom-
pu,
L'an dit j'donnerai enne herche,
Nous li intasserons un dent d'ven
l'cul
Pour taper j'donnerai l'perche ;
L'aut' dit je barai un licot ;
Mi l'gibet, dit gros Jacques,
Et mi pour l'brûlé, les fagots,
Quand j'devrot vende m'vaque.

Les soudars et le partisan
Ont quemenché à rire ;
En digeant vous êtes ben méchant,
F'rez-vous cha còmm' à l'dire :
Me awis, répondit Michaut,
Dit en venant tout blême,
Car si ni avoit point de bouriau,
Je l'pendrois ben mi-même.

De plagi que j'étois tenu,
Pour finir me carrière,
Ils ont fait mettre sur le cu,
Ben trois roudell' de bierre.

De temps en temps on me donnoit,
Pour arrosé mes lèvres,
Digeant pour le dernière fois,
Bois-en tant que ten crève.

Je leu ai dit par soumission,
Mais d'un' humble parole :
Messieurs, je vous demand' pardon
De toutes les frivoles
Que j'ai fait en ma vie sur vous ;
Je vois qu'il faut me rendre ;
Ont dit : nous te pardonnons tous,
Puisque l'on va te pendre.

Le partisan m'a fait loyé,
Tout comme un criminel,
Jusqu'à temps que j'arois quitté
Mes ennemis mortels :
Dit aux Tourquennois d'un cœur
          gai :
Venez demain en bende,
Deden le marqué de Tournai,
Et vous le verrez pende.

Nous n'avons warde d'y manqué,
Pour vir' che biau che-d'œuvre ;
Che parti en m'ayant mené
De Léers à Templeuve,

Aussi-tôt m'ont dit, Brûle-Majon :
Pour mériter ta grace,
Y faut qu'te nous fache eune can-
chon
De toutes leux grimaces.

Je me suis mis à composer,
Et un autre à écrire,
Et en deux heures de temps j'ai fet
Chelle canchon pour rire :
Ayant ben ri de che sujet,
M'ont laché à la brune,
Sachant bien qui n'auroient point
fet
Avenc mi leu fortune.

Le lendemain, les Tourquennois
Sont venus, je vous jure,
Pour avertir tous les Lillois
Que ma mort étoit sûre :
Arrivant y m'ont vu canté
Au mitant de la place ;
Ils ont dit (non sans se fâché) :
Ce diale a fet ses farces.

LE TOURQUENNOIS

ENGAGÉ MILICE.

Air : *De Joconde*, noté n.° 4.

VEANT qu'on donnoit de l'argent
Au Villag' de Louise,
J'ai donné men consentement
Pour m'engager Mélice ;
Ayant vu aveuc un bâton
Que j'avois le mesure,
Y m'ont donné chen patacons
Pour deux mots d'écriture.

Un biau capiau on m'a baillié
Aveuc eun' biel' cocarde,
Un chinturon et enn' épée
Aveuc eun' biel' casaque ;
Un fourniment et un fusil
Pour mi faire l'exerchice ;
Et un chacun dira de mi :
Que v'là un biau mélice !

Lorsque j'eu me n'argent en main,
Comme on m'l'avoit fait offre,
Je l'ai donné à men parain,
Il l'a mis den sen coffre;
Quand le Roi me remerchira,
Revenant au Village,
Je trouverai me n'argent drolà
Che sera men mariage.

Tout depuis que je su varlé,
A le majon Jean Glaude,
Je n'ai point encor' su couquié
Deux écus l'un su l'aute;
Quand vous avez chonq' livres ou
        plus
Vous croyez être un prinche;
Tout cha s'en va à l'Enturlu
En buvant le Daimenche.

Vous roulez du soir au matin
Deven le bren de vaque;
Y vous faut ressuer vos mains
Au pan de vo casaque:
Quand vous allez ouvré à camp
Vous tranné comme ean' fenille,
On vous récauffe en revenant
Aveuque du fu d'éteulle.

En plain A oût quand y fait caud,
Vous êtes à vo n'ouvrage,
Vous faut toudi boire de l'iau,
Ressué vo visage ;
A vos repas des pos passés
Aveuque dn pain noir,
Je n'darai étant engagé
Plus blanc que de l'yvoire.

Au lieu d'on fléau, d'un louchié,
J'arai on biau fusique ;
Un le tient aveuc le bras ployé,
Ché tout comme eun' r'elique :
Si vent à passé tout-d'on-cot
L'Officié-Couronnelle,
Faut.tenir vo n'arme aussi-tôt
Droite comme eune caudeille.

Lorsque je crierai qui va-là,
Al'majon de ché trésor,
Aussitôt on mé répondra :
Ché mi ronde-major ;
N'avanché pas, car et j'en chi
De l'part de ch'corporalle ;
Je te déclaqu'rai men fusi,
Quand te serot on dialle.

Adieu les tranx et les trauées,

Les loges et majonnettes,
Et autres endroits qu'j'ai été
Pour faire me n'amourette :
Adieu Mad'laine , adieu Caton ,
Marie-Jeanne et Louise ,
Je vois vire chès roudoudou
Avenque tous chès mélices.

CHANSON

D'un Tourquennois qui avot avalé une araignée en mengeant se soupe , et de quelle manière on l'y a fait sortir du corps.

Air : *Du chat géné*, noté n.o 6.

CANTONS unne canchon nouvielle,
D'un Tourquennois pour chertain,
Unne histoire des pn bielle :
Il a volu faire un bain de médecin,
De fachon nouvielle :
Den Tournai , Lille et Menin ,
   N'y a nul si fins.

Du sujet je vous f'rai sage,
Mais y faut bien l'acouter;
Sen fieu revenant de l'ouvrage,
Un li apprêta pour dené du léburé,
Deven sen potage,
Un malheur l'y est arrivé,
 Vous le sarez.

Sen cœur faigeoit touque et touque
Deven che léburé bouli ;
Fort dru fageoit flouque, flouque,
Mengeoit à grosses louchies,
 Unne araignie
A queu deven s'louche ;
Il avoit si grand apetit
 Qu'il l'avalit.

Se mère tirant se casaque,
En digeant à che garchou,
Tôt vîte men fieu démaque,
Ta avalé du poison,
 Pauvre luron ;
Jamais telle attaque
Qui n'y eu den chel mageon
 Pour che garchon.

Tout chen qu'un a povu faire,
N'a point povu dégueulé,

Digeant, mon Dieu quenlle affaire
Garchon te fora ti quervé,
   Tout désolé,
Que menchi à braire,
Chétoit dans tout le mason
   Désolation.

Chacun digeoit sen remède
pour récaper che garchon;
Li faut faire boire de lian tiède,
Pour délouffer sur le champ
   Dit maître Jean,
A tout cela je cède;
Donne le remède le plus grand,
   Pour me n'enfant.

Sen père dit l'affaire est clouque,
Vous savez qu'un araignie
Est arabié après des mouques,
Va t'en caché au fourni
   Et mettons-ly
Tout au bord de s'bouque,
Un verra bientôt sortir
   Chel araignie.

On approuve tous le rêve
Du Tourquennois bel esprit,
Un l'y a mis au bord des lèvres

Des mouques pour faire sortir
        Chel araignie ;
Y tremblot les fièvres,
Deveu le corps sans mentir
        Al demeurit.

Al est trop avant au corps,
Chel araignie sans abus,
Sitôt on l'y a mis d'abord
Les mouques au trau de sen cu,
        Digeant bien pu,
Al fait des efforts,
Al va lanché dessus,
        Car je l'ai vu.

Y lorgnoient à sen derrière,
Chel biel curiosité,
Tout comme au trau d'une visière ;
Le garchon a fé un pé
        Deven leu né,
Y sont retirés arrière,
Tous les mouques épouvantées
        Sont envolées.

Tien veux-tu gagé Cat'laine
Qu'al est widié hors du corps,
Car il a fé un pé, de peine :
Nos garchon n'est point mort ;

Y parle encore;
Ah ! quenl bonne médechaine
Que j'ai là trouvé d'abord,
    Al vaut de l'or.

NOUVELLE MANIERE

DE VOLER

Inventée par un Turquennois.

Air : *De l'araignée, ou du chat géné*, noté n.° 6.

Je digeois de n'pu faire une sorte
De quianchons de Tourquennos ;
Mais le colère m'emporte,
D'en canter encor unne fos ;
    A haute vos,
Comme un coeurre la poste,
Depuis peu den che l'indros,
    Sont bien adros.

Un jour un postillon passe,
Par Tourcoing criant haut, haut,
Dit a l'autre qu'il étot lasse,

Donne à boire à men quevau,
   Plein un séau ,
Car y faut qui fache
Le quemin d'Ath en Hainaut
   Je plains se piaux.

Un Tourquennois dit bien vîte,
En entendant chés raigeons ,
Je gagerai d'courir pu vîte,
Sans quevaux et sans bâton,
   Qu'un postillon ,
Pour servir de guide,
Je sais un secret bon et biau ,
   Pour voler haut.

Si tôt ils ont fé en hatte,
Unne gageure pour chertain ,
De porter de Tourcoing à Ath,
Unne lette écrite à le main,
   Et faire le quemin,
En volant bien rade,
Du Turquennois bien malin,
   V'la chi l'dessin.

Il a loyé aveuc peine
A s' zépaules à fachon,
Des grands vans, chose certaine,
A monté sur unne mason

Pour vire de long,
De zailles de poules d'inde,
A loyé à ses talons.
Pour volez long.

Ses deux vans faigeoient flique
flaque,
S'appretto pour voler haut,
Dis adieu à sen frère Jacques,
Je m'en vas deven l'Hainaut,
Fit un grand saut,
Deven le puriau de vaque,
A bien queu soixante pieds d'haut,
Jusqu'à s' n'attriaut.

Y crioit miséricorde
Quand qui sa vu enfoncé;
Un a venu avec escorte,
Afin de le retirer,
Tout eppeuté,
Aveuc des cordes,
Sans cha arot trépassé,
Tout imberné.

Il a jaré toute en rage,
Quand qui sa vu rassaqué,
Que l'diale importe l'volage,
Et ch'ti qui m'a consillié.

Qu'un peut voler
Aveuc des pleumages ;
Je vorois qni seros brûlé
   Et étranné.

LES AMOURS

DE QUERTOFFE,

Frère du Marchand de Bren.

Air :   *Tourne , m'en cariot ,*
            tourne.

Bon jour belle Zabette ,
Je sas venu drochi ,
Pour parler d'amourage ,
D'un amonr si grande ;
Belle si vous ne voulez nen
J'en mourrai de dépit.

LA FILLE.

Tu vas vîte à l'onvrage ,
Tu t'écauffe trop fort ,
Dites-moi sans ombrage

Le nom de votre village,
Il faut, comme chacun sait,
Connaître avant d'aimer.

LE GARÇON.

Belle, si faut vous le dire,
Men nom et me demeure,
Je m'appelle Quertoffe,
Grand Colasché men père,
Et mi je sus seu fien.
Je demeure à Tourcöing.

LA FILLE.

Quoi ! est-ce vous Christophe !
Renommé dans Tourcoing,
Ce gros marchand d'étoffes,
Qui a les milles en coffre ?
Mais voilà du bon bien ;
Allez, vous n'aurez rien.

LE GARÇON.

Quoi s'rit-vous si rebielle
Que de refuser l'amour
A un cœur qui grenotte
Tout comme de le char de vaque.

Je sns venu drochi,
Nous marierons à deux.

LA FILLE.

Bête je te répète
Que j'aime mieux rester
Fille sans amourette,
Que d'avoir une bête
Si mal nourrie que toi,
Retire-toi de moi.

LE GARÇON.

Qnoi! vous êtes si glorieuse?
Wetiez Marie fière trau,
Avec se bielle houlette;
Monsieu vaut mieux que Mam'selle,
Prenez garde à men poing,
Je te barai un cot de pied.

PASQUILLE NOUVELLE

Touchant l'entretien d'une fille avec sa mère, sur son prochain Mariage.

En véritable patois de Lille.

J'vois vous raconter tout ach'teur,
L'histoire d'onne fille de Saint Sau-
veur ;
Elle a été parler à s'mère,
Pour li raconter tout s'misère,
A cel' fin d' povoir s'marier,
Car elle éto embarrassée.
Ell' li dit : Mère, comme vous sa-
vez
Que j'ai mes diges-huit ans passés ;
Y m'sanne à vir que chet un âge
Pour penser à s'mettre à ménage.
N'y à tant qui s'maritent den Lille ;
Je suis trop lass' de rester fille.

LA MÈRE.

Quoi ché tout d' bon que te m'dit
    cha ,
Ch' n'est point den ten bon sen
    qu' tiva ;
Ché bien à toi à faire , jonne mor-
    veuse ,
A dige-huit ans d'être amoureuse :
Te n' sais mi gagner pour ti-même ,
Et te penses déjà à êt' femme :
Devant songer au mariage ,
Tâch' d'avoir du cœur à l'ouvrage.
D'puis quand ch' que t'est si fort
    en air ?
Te n'sais mi encor ten *Pater.*
Va-t-en , va-t-en , Marie douri ,
Eh! mon Dieu, quoich' qu'un hom'
    f'ro d'ti ?

LA FILLE.

Comm' vous allez tout dro vo
    qu'min ;
A vous entende crier ensin ,
Y sanne à vir à tous ches gens
Que vous me norrichez pour rien.

Pourtant je n' bonge jamais d'ichi,
Et j'gagne toudi assez pour mi.

LA MÈRE.

Awi, en v'rité, t'en fais d'bielle,
Va, t'est encor anne bielle ét'niel-
le ;
Un diro qu' te fais ronge et rage,
V'là deux mo que t'est su t' n'ou-
vrage,
Et si te vas toudi comm' cha,
Ten dent'lé rest'ra d'ssus mes bras.
Te n' te met point grament en
peine,
D'ouvrer pour me donner te s'mai-
ne ;
D'puis un an qu' te m'rend trente
patars,
Te m'en do encor pa d'un quart.
Quand t'ara du corage d'ouvrer,
Alors te parlera d'marier.

LA FILLE.

Hélas ! quand vous diri tout cha,
Y faudra bien passer par-là ;
Car enfin si faut tout vous dire,

Pour mi y n'y a pu à rire ;
Quand vou criri encor pu haut,
Si j' parle d' marier, ché qui faut.

La Mère.

Ah, ah j'entends au premier mot,
Caronne, que t'a fait un biau co ;
Non, si j' povo vaincre me rage,
Je crois que j' t'arrach'ro l'visage,
Va, te me l' paira, vilaine droule,
Et ben, mon Dieu ; quoich, que
      j'membroule ?
Y faut que te m'dich' tout ach'teur,
L' nom de ch'ti qui t'a pris t' n'hon-
      neur.

La Fille.

Allez, mère, vous l' connichez
      bien ;
Il est toudi mis honnêt'ment :
Chet Antoine, le fieu gros Jacques,
Y m' fait l'amour depuis les Pâ-
      ques.
Chet un jonne homm' bien arrengé,
Et un bon ouvrier d'Filtier :
Y porte montre, un habit nné,

Des blouq d'argent à ses sorlets ;
Il a toudi d'l'argent den s'bourse,
Et jamais y n'pense à fair' prousse.
J'crois bien qu'aveuc un hom'
 comm'cha,
Un n' craint point d'êt' den l'em-
 barras,
Y do v'nir à c'soir, tout bennage ;
Pour me demander à mariage ;
Vous verrez, l'entendant parler,
Si n' conno point l' civilité.

LA MÈRE.

Mais te va te mette den l' misère.
Car ach'teur tout est bien trop
 quère.
Busi, quand t'ara un enfant,
Te pora dire adieu bon temps,
Premièrement y t'faut unne fa-
 chinne ;
Te n' s'ra point là au d'bout de
 t'peine :
Après ch' s'ra de nouvielles an-
 gouches,
Te peux avoir unne menchante
 couche,
Puis y t' faudra aller en lette,

Par nnit y t' faudra donner l'tette;
Ach'teur si t' n'enfant est men-
  chant ,
Faudra li donner du dormant,
U bien bercher au long de l'nnit,
T'engell'ra de fro deden ten lit :
Te n'homme s'ra tout émouvilié,
L' lend'main y n' pora point ou-
  vrer,
Après faudra fair' ten mennage ,
Sans povoir faire un point d'ou-
  vrage;
Che s'ra alors que te s'ra brave,
Peut êt' réduite deden unne cave:
En plein jour te n'verra point clère,
Y t' fodra pour chon sous de leu-
  mière,
Du fu béto au long du jour;
Est ch' que te n' bourlera point
  court ,
Quand t'ara en l' semaine de t'
  n'homme,
Te verra avec chel' gross' somme,
Si te meng'ra quand t'ara faim ?
Te n' n'ara mi assez pou l' pain.

LA FILLE.

Va, va, nous f'rons com' nous porons,

Quand n'y ara du pain nous l' m'en-
    g'rons ;
Un n' peut mi avoir tous ses aises :
Allez , content'ment pass' riches-
    ses ;
Un sait bien que ch' n'est point
    tout chuque....
Accoutez , mère , j' crois qu'un
    buque ;
J' parie qù' ché m' n'amoureux qui
    vient.
Un buque encor.... Awi, j' dé-
    chends.
Tout aussitôt qu'elle a dit cha,
Ell' n' fait qu'un saut tout jusqu'en
    bas ,
Et dit tout bas à s' n'amoureux :
Antoine , vous n' povi point v'nir
    mieux,
M' mère est en haut justement ,
Faut li faire un biau compliment.

Le Garçon.

Je n' sais point comme j' m'y per-
    drai ,
Conseil' m'en pau quoich' que
    j' dirai ?

La fille li repond aussitôt :
Eh ben que t'est un vrai mamulot ;
Eh quoi, te n'aro point l'corage
De d'mander unne fille à mariage?
T'a bien trouvé un compliment,
Pour demander chen qu' te sais
      bien.
Che jonne homme bien embar-
      rassé ,
Grattant à s'tiête d'sus l'z'émontés,
Ne savo qu'ment faire s'n'harran-
      gue ;
Enfin le v'là qui déloie s' langue ;
Et qui dit à s'maintresse tout bas :
Cath'laine, bon, je crois qu' mi v'là.
Allons, te vas vir comm' j'en sorte,
Et aussitôt y baque à l'porte ,
En criant : N'y a point d'empé-
      ch'ment?

La Mère.

Mon Dieu non, entrez hardiment.
N' faut ici fair' tant d'façons ;
Fait' comm' si s'ro à vo mason.
Nous ne somm' point des gens si
      fiers ;
Cath'laine, donnez-li unne quéère ;

Vous m'allez dir' par queul hasard,
Vous v'nez m'trouver ichi si tard?

LE GARÇON.

Allons, y faut vous dir', Marie,
Le sujet qui m'fait v'nir ichi :
J'aim' vo fille ; elle a du corage,
Et j' viens l' demander à mariage.
Si vous me l' donnez, je l' perdrai,
Si vous n'volez point, je l'laich'rai.

LA MÈRE.

Mais, Antoin', vous n'ét' point ci-
vil,
Est-ch' comm' cha qu'on demande
unne fille?
Si j'veux vous l'donner, vous l' per-
drez,
Si je n'veux point, vous s'en pas-
s'rez.
Y faut croire que l'amour est fort.

LE GARÇON.

Awi, je vous l' répète encore,
Je pens' à vo fill' nuit et jour;

J' l'aime et j' l'aiquère, ché double
    amour,
Et je n' sais qu'à temps qu'ell so
    m'femme,
Elle le sait, elle peut l'dire ell'
    même.

LA FILLE.

Mère, vous povez êt' assurée,
Qui m' vo estrêm'ment volontiers.
Vous véez qu'nous n' povons fair'
    mieux;
De ne pu faire qu'un d' nous deux.

LA MÈRE.

Hélas! pour vous marié, m'z'enfans,
Y fait bien du trop pauvre temps;
Car y n'y a pu rien d'bon marqué:
V'là l' bure y n'y a pu à l'wettier,
Unne livre de chair vaut douz'sous;
Mais chéq' aveu cha ch' n'est point
    tout,
Faut du su, de l'eumière, l'huage,
Y faut l'entertien, vo louage.
Après cha l' z'enfans qui vont v'nir,
Y coûte encor pour les norir.

Leu mère à l' fo n'ara point d'
    lait:
Encor unne norriche à payer.
Ch' n'est point tout de s'mette à
    menage ;
Vous savez comme y vont l' z'ou-
    vrages :
Car nous povons dire entre nous ,
Qu' les dentellières n' sont pu l' pé-
    rou.
Y leu faut ouvrer tempe et tard,
Pour gagner onze u douze patars.
Vous aut' vous n'pensez point à cha,
Vous croyez qu'un n'a point du ma
De vivre den l' temps q' nous som-
    mes,
Ach'teur tous ches pauvres jon-
    n'hommes ,
Quand ils ont vingt ans accomplis,
V'là qu'on les d'mande pour êt'
    conscrits.
Hélà ! Antoine, vous savez bien
Que ché vo tour l'ennée qui vient.
Si vous êtes obligé d'partir,
Quoich' que vo femme va devenir?
S'elle à deux enfans d'sus les bras,
Faudra les mette à l'hôpita.

LA FILLE.

Allez, mère, y n' s'ra point cons-
  crit ;
Pour êt' soldat, il est trop p'tit.
Cha n' do point vous épouvanter,
Ni nous empêcher de marier.
Et puis nous f'rons si bien d' nos
  mains,
Que nous tâch'rons d' menger du
  pain.

LA MÈRE.

Acconte, puisque te l'veux com'cha,
Te peux marier quand te vodra ;
Tout chen qu' j'ai à t' donner est
  prête.
Va, marite, et n' me cass' pu l'tiête.

LA FILLE.

Mais vous f'rez tout chen qu'vous
  porez,
Pour nous fair' fair' un p'tit banquet.

LA MÈRE.

Mais en v'rité, j' crois qu' te viens
  bête,

J' f'rai un banquet, étant plein
    d' dettes ;
Cha m' coutra unne digaine d'écus,
J' n'ai point un fi d' bai d'sus men
    cu.
Tais-toi, vas, te do êt' honteuse,
Est-ch' que te pense que j' s'rai vo-
    leuse ?

LE GARÇON.

Eh ben, puisque vous êt' com'cha,
J' vois vous dir' chen qui n' n'arri-
    v'ra ;
Puisque vous l' prenez sur che ton,
Wardez vo fille à vo mason,
Et provance qui n'y a point d' ban-
    quet,
Ché fenni, je n' veux pu marier.

LA FILLE.

Quoi, jonne homme, ari-vous bien
    l' cœur,
D'être la caus' de men malheur ?
Après tout chen qui s'est passé,
Pori-vous bien m'abandonner ?

LE GARÇON.

Awi, j'men vois tout en colère,
Et ché de le faute de vo mère.

LA FILLE.

Mère, vous véez tout comm' je
      m'vois,
Pour Dieu, prom'tez-li unne se-
      quoi.
Le mère, touchée et sensible,
Leu dit : Je ferai men possible,
Pour vous marier tout au plutôt,
De faire un banquet à écot.
Antoine, entendant ches raisons,
A r'venu douch comme un mouton.
Sitôt il a bagé s'maintresse,
Et li a renouv'lé l'promesse
De l'venir querre den pau d'temps,
Pour aller fair crier len bans.

CHANSON

Sur un Tourquennois qui, rapportant de Lille des chandelles et un coupon d'étoffe, fut surpris par un orage à moitié chemin, de quel moyen il s'est servi pour faire sécher ses chandelles et son coupon d'étoffe.

Air : *Des orgues de chats*, noté n.° 3.

Sur chés fins Tourquennois,
Quand je voudrois me taire,
Non jamais je n'sarois,
Malgré que j'podrois l'faire ;
Vela encore un nouviau tour,
Que l'un d'entr'eux a fé l'autr'jour.

Ché l'fieu de Matthieu Crinchon,
Qui a unn'femme si bielle,
Et qui biûle à s'majon,
Moins d'huile que de candelle ;

Il étoi venu à Lille en querre
Se provision pour l'hiver.

En mêm'tems pour Zabiau ,
Chétoi le nom de se femme ,
Qui aimoi pu q'sen pourchau ,
J'ozroi dire pu que li-même ,
Aquatte pour faire unne baye
De l'calmande blanque à bleues
        rayes.

Y retournoi tout joyeux ,
Remportant su se brouette ,
Ses candelles de sieu
Et se n'étoffe bien nette.
A peine étoi t'y à Mouvaux ,
Qui a queu de le pleuve à séaux.

Y ne cessoi de pluvoir ,
Et toudi de l'même sorte ;
Y fégeoi déjà noir
Quand y arrive à se porte :
Comme unne soupe il étoi mouillé,
Et tout d'suite s'a déshabillé.

Y présente à Zabiau
Sen copon de calmande ,
Comme sortant de l'iau ,
Tant le pleuve étoi grande ,

Li digeant tiens j'aroi volu
Encore mieux pour couvert ten cu.

L'four est encor tout caud ,
J'ai cui d'en l'matinnée ;
J'y voi mett', dit Zabiau ,
Chel calmande à ressequé ,
Nous l'arons secque en nous le-
vant,
Toute aussi luigeante que devant.

U treuves-tu tant d'esprit ,
Li répond se n'homme Gille ,
Ten n'a ma foi pu qu'mi
Et pu qu'tout no famille ;
Den ti , j'en remerci Dieu encor ,
Ah ! j'ai rencontré un terzor.

V'là donc l'calmande au four
Qui secque des plus bielles ;
Mais le sot , toñt autour,
N'met'y point ses candelles ,
Tout digeant ell'tront secque aussi;
Pour chel avise-là elle vient d'mi.

A peine fait-y jour ,
Que de sen lit men Gille saute,
A s'femme digeant , du four

Chel calmande faut que j'rote ;
Car pour acheteure elle n'est pu
      frecque,
Et les candelles aussi sont secques.

Che four il ouvre donc
Avenque ses étenielles,
Mais qu'vit-y tout au long,
Le sien de ses candelles
Sur le calmande répandu
 Et les mêches secquées pardessus.

Tout d'abord comme un viau,
V'là que men sot se lamente,
En s'écriant, Zabiau,
Etoiche-là no attente ?
Unne seule candell' je n'voi pu,
Su t'baie elles sont tout fondues.

Entendant cha, Zabiau,
Sans parole demeure,
Et sans pus dire un mot,
Reste pendant deux heures,
Et se n'homme de sen côté
De l'œil ne cessoi de quié.

Deux et trois mois durant,
Chel femme en fut malade ;

Il en fut tont autant
Du pauvre camarade,
Et tous les deux d'vant leu lit
Songeoient à chel bai jour et nuit.

Aveu le temps revenant gais,
Tous les deux se guérirent,
Et pu d'candelles ni d'bai
Deu leu four y ne mirent ;
Après chela n'avourons-nous point
Qui n'y a ben de l'esprit à Tour-
coing ?

CHANSON

VILLAGEOISE.

Air : *Me pourmenant au vert Touquet*,

Ou *De Joconde*, noté n.° 4.

ZABIAU sortant de se mageon
Du soir sans éconse,
En passant dessus un p'tit pont,
D'vent un trau elle s'enfonce ;
En n'd'avois jusqu'à ses guertiers,

Wettiez comme un en wide ,
Quand elle s'a vu la incrinqué ,
A crié à l'ayde.

Pirot l'a appercbu de long ,
Tout au travers des vites ,
Il a widié hors de se mageon ,
Pu vite qu'un éclite ;
Courant pour rassaquer Zabiau ,
Arrivant y s'enfenoulle ,
Et y s'a fouré d'ven le trau ,
Au mitant de l'bedoule.

V'là Pirot ben enbarrassé ,
Et Zabiau prête à braire ;
T'aroi dit qui étoint collés
Au mitant de chel tierre ;
Zabiau a alongé sen bras ,
Sitôt Pirot l'agroule ,
Et y sont sortis comme chela
Hors du trau à l'bedoule.

Zabiau pour mieux remerchier
Pirot de se n'ouvrage ,
Deux u trois fois l'a bajotté ,
Elle étoi si bennage ;
Wettiez che luron , dit un warton ,
Wettiez comme un s'enfenoulle ,

Sans li Zabian restoi tout d'sen long
Au mitant de l'bedoule.

CHANSON

D'un Tourquennois qui prétend d'avoir des canariens
avec des plumages rouges et
bleus, jaûnes et verds, par
une intrigue qu'il s'est ima-
ginée dans son esprit.

Air : *De la belle Baye*, noté
n.º 5.

APPROCHEZ oiseleurs adroits,
Pour apprendre d'un Tourquennois
Une invention,
Qu'on en parle de près et long,
Pour avoir sur l'heure
Des oiseaux de toutes couleurs.

Y ne s'amuse point aux mouchons,
Verdiers, cardonnettes et pinchons,
Tarins ni bongrons,

Rossignols, alouettes ou frions ;
Chet aux canariens,
Qui prétend gaguer de l'argent.

Vous savez qu'an d'a de temps en
　　　　temps
Des gris gannates, en pau plus
　　　　blancs,
Cheux-là sont communs,
Car y ne d'a mis couvé pu d'un ;
Y prétend d'avoir
Des bleus, des rouges, verds et
　　　　noirs.

Y s'a mis den le penser
Afin de les faire muer
De toutes couleurs ;
Il a pu d'esprit qu'un Docteur :
Dessus la chanson,
Vous verrez son invention.

A Lille est venu, chose sûre,
Trouver un peintre en miniature,
Pour faire un tableau,
Avec toutes sortes d'oiseaux
De toutes couleurs,
Des plus jolis et des meilleurs.

Y dit faites des canariens ,
Je ne viserai point à l'argent ,
Pourvu qui soient biaux ,
Pour surpasser tous les oiseaux ,
Mettez sans mocquer
Toutes les couleurs des perroquets.

Y d'a fé de tonte façon ,
Qui coûtoint des biaux patacons ;
Tout gogu s'en va ,
Avenc se zogeaux den sen bras ;
Dit, che maître sot :
Va , je m'en vois faire un biau co.

Se volière il ouvre à l'instant ,
Et mit ses oiseaux tout-avant ,
La hu qui couvoint ,
Ches petits canariens wettoint ;
Digeant che luron ,
Sur ches tila prenez patron.

Tout aussitôt qui tront venus ,
Je les vendrai quarante écus :
Tous les Lillois verront ,
Et toutes les villes des environs ;
Va j'arai l'honneur
De n'd'avoir de six couleurs.

A se femme il a défendu ,
Et a dit d'un mot absolu ,
Pendant qui couvront ,
Que personne n'entre à le mageon :
Defends leu l'entrée,
Y poroint prendre men segret.

De toutes couleurs y verront ,
Le feumelle wette à fachon :
Le femme Maclou ,
Pour avoir wettié men roux ,
A eu pour chela
Un enfant pu roux que Judas.

Tiens tous les premiers que je vois
J'en vois faire un présent au Roi ;
Je n'darai tout seu,
Des verds , gannes, rouges et bleus.
Que ches canariens ,
Mon Dieu, me vodront de l'argent.

De l'argent du Roi j'acatrai
Toutes les biélles coses que je
verrai ,
Et six pièces de vin ;
Car j'en veux avoir du pu fin
Deven tout Tourcoing ;
De pareil un n'en trouvera point.

Et l'autre nitée qui ven'ra
L'Archiduchesse les ara ;
L'argent sera mis
Pour avoir unne Seigneurie ;
J'irai pourmené
Aveuc l'épée au côté.

Le Tourquennois vit en espoir,
Y prétend tondi de n'davoir
Des jolis et hiaux ,
Pour faire bâtir un château ;
Quand le Seigneur ven'ra ,
Deden il le régalera.

LE TOURQUENNOIS

Qui, pour avoir des carpes, en
a semé les croques.

Air : *De l'Araignée*, noté n.° 6.

Un Tourquennois va à Bapaume,
Allant au marqué au filet,
Rev'nant pal porte Notre-Dame,
A vu des carpes nager
  Den les fossés ;

Non, de vivant d'homme,
N'avois vu tant de pichons
    Si gros et longs.

Le parole li écappe,
Se véant émerveillé ;
Y mesanne que ché des carpes ;
Quement peut-on vir nager
    D'ssus un fossé
Tant de si bielles carpes ?
Si j'en avois le secret,
    Je troi riche assez.

Un commis de chelle porte,
Répondit à che lourdaud ,
Te n'as qu'à ôter les croques
D'unne carpe comme y faut ,
    Mets-les d'ven l'ian ;
Chaque grain rapporte
Un pichon fort grand et beau,
    Quand y fet caud.

Le Tourquennois à l'heure même,
Va au marqué au pichon ,
Acatant à unne femme
Deux carpes trois patacons,
    Che gros luron,

Et dit faut je semme
Tous les croques, d'un cœur gai ;
　　Je vous dis vrai.

L'ian de no fossé est haute ,
Il y fet froid tous les nuits ,
L'ian de no puits est pu caude ;
Je les voi semer , Marie ,
　　Deven nos puits ;
Nous n'darons sans faute ,
Grands tout comme de zenfans ,
　　Devan un an.

Lors y dit , che imbécille :
Pour le carême qui vient
Nons n'd'arons pus d'vingt mille ,
Gros tout comme de zhenrengs :
　　Queu bieau argent
J'en ferai den Lille ;
Je les vendrai par chens
　　A tous ches gens.

Y quemandit à Cath'laine
De ne pus tirer de l'ian ;
Mais au bout de six semaines ,
Et tirer plein des séaux.
　　Che gros lourdaud ,
En misère , en peine ,

A tout vu les grains pouris,
　　　Venant du puits.

Sitôt a gratté à s'tiette
En bréant amièrement,
Considérant qoenlle perte ;
Y regrettoi se n'argent
　　　A tous moumens.
A chel lourde biette
Pensoi de trouver au fond
　　　Des gros pichons.

LE QUEMIN

DE TOURCOING.

Air : *De la découpure*, noté 7.

Volez-vous savoir unne canchon,
Garchons, femmes et filles.
De tous les environs de Lille,
Volez-vous savoir unne canchon,
Mettez-l'en usage, chet une bonne
　　　lechon ;
Vous rirez, vous rirez, vous rirez
　　　ben, Flourence ;

Je n'dai fet l'expérence ,
Vous rirez , etc.
Accoutez-me ben ,
Appliquez tous vos sens.

Un jour m'en d'allant à Tourcoing,
Sans savoir le route ,
Y l'falloi quoiqu'il en coute ,
Un jour , etc.
Sans savoir le route je voyois de
        loin ,
Un petit, un petit, un petit quien
Et onne fillette
Qui étoit assez propette ,
Un petit , etc.
Et onne fillette qui broutoi du
        fien.

Je m'approche d'elle avec soin ,
Li digeant me fille , vous me pa-
        roissez gentille ,
Je m'approche d'elle avec soin
En li demandant le quemin de
        Tourcoing ;
Vous irez , vous irez , vous irez là ,
Me dit chel fillette , suivez les tra-
        ces de m'brouette,
Vous irez , etc.

D'ichi à Tourcoing y va toudi comm' ch'la.

J'ai vu qu'ell' n'avoi nen menti,
Car depuis Linselles je l'avois récapé bielle,
J'ai vu, etc.
Car depuis Linselles n'y a un heure et demi;
Je trotoi, je trotoi, je trotoi fort,
Traverchant quians et pissente,
Je trotoi, etc.
Si ben qu'à la fin j'arrive à bon port.

Volez-vous aller à Tourcoing,
Garchons, femmes et filles
De tous les environs de Lille,
Volez-vous aller à Tourcoing
Sans savoir le route prenez bien du soin;
Vous irez, vous irez, vous irez là,
Me dit chel fillette, suivez les traces de m'brouette,
Vous irez, vous irez, vous irez là.
D'ichi à Tourcoing va toudi comm' ch'là.

PRÉDICTIONS.

Air : *V'là d'bon foin* , noté n.º 8.

Pour tous les mos de l'ennée,
J'vois vous fair' des prédictions ;
Accoutez vos destainées ,
Et fait'z'y ben attention.
  I n'y a point
D'Almena pu véritables ;
  I n'ment point.

En Janvier , le vent de bize
F'ra v'nir les roupi au nez ;
Et cheus' qui cangeront d'quemige
Sentiront leu dos r'frodiés.
  I n'y a point, etc.

En Février , pour nouvielle ,
J'vous annonce que vin vieux,
Bu en compani femelle ,
N'porra point faire ma aux yeux.
  Il n'y a point, etc.

An mos d'Mars , les court'haleines

Sentiront de l'embarras,
Et du fond de leu poitraines
Un p'tit chifflé sortira.
  I n'y a point, etc.

En Avril, les sourd'oreilles
Entendront mal aisément ;
Et chèns' qui courront sans selle
A queva s'ront durement.
  I n'y a point, etc.

Au mos d'Mai, dessus l'herbette,
Les bergères et les hergers,
En roucoulant leu musette,
Peńs'ront à aut' cose après.
  I n'y a point, etc.

Pendent l'mos d'Juin, deux cornes
A la lune paroîtront,
Qui rendra les gens bien mornes,
Les sentant dessus leu fronts.
  I n'y a point, etc.

Les hétiques, au mos d'Juillete,
N'aront point grand appétit ;
Un verra des cous d'houlettes
Aveuc des visag' bouffis.
  I n'y a point, etc.

Pendant l'Août pour merveille,
Bien des nogettes s'ront croquées.
Cheus' qui buv'ront à l'bouteille
N'aront point besoin d'goblé.
    I n'y a point, etc,

Si les puchell' en Septembre,
Ne sont point cueillées en tems,
Malgré l'sé, malgré l'gengembre,
Ell' pouriront pal' mitant.
    I n'y a point, etc.

Qui t'ra roste au mos d'Octobre,
C'htra pach' qn'il ara trop bu.
Ch'ti qui querra étant sobre
Sara ben relever sen cu.
    I n'y a point, etc.

En Novembre, queurera vîte
Qui f'ra deux chen lieux par jour,
Et tout' les tartes seront cuites
Quand qu'ell' s'ront brûlées au four.
    I n'y a point, etc.

Les femmes souffleront les bresses
En Décembre pou s'récauffer;
Et chens' qu'ell' brûl'ront leu fesses
N'os'ront jamé les moutré.

I n'y a point
D'Armena pu véritable ;
I n'ment point.

L'AMOUR PARFUMÉ.

Air : *Tournes , men cariot ,
tournes* , noté n.°

Venez, garchons et filles ,
Apprendre à faire l'amour :
A cinq quarts d'heure de Lille ,
Un amoureux habile ,
Aveuque se bielle Zabiau,
Ont fé un tour nouviau.

D'eune mennière honnette
Buvant au rouge debout ,
Ont sorti de l'cambrette ,
Pour mieux tater à blaitte ,
S'en vont tout laronnant ,
Tous deux en pourmenant.

Sont mis derrière le grange
Pour ne point être vus.

Li donnant des louanges,
Vous êtes bielle comme un ange :
Le fille dit à sen tour,
T'es pu biau que le jour.

Vous savé au village
N'y a des grands privés :
Un s'y met à se n'age
Et parderrière tout nage,
Et tant qui soiche plein,
Ché comme un magasin.

Pourléquant le bachelette,
I li pochot les mains,
L'agroullant par se tiette :
Lors chelle fille honnette
Le volant repoussé,
A queu den le privé.

I l'tenoit par se tiette
Pendant che moment là ;
Sans quitté le bachelette,
Tous les deux bieaux et nettes
Ont renversé dedon ,
Tout au mitan du bren.

Criant miséricorde,
Tous cheux du cabaré,

Véant che graud désordre,
Leu z'ont rué des cordes,
Et le z'ont retirés,
Tous les deux de ch' privé.

I se tenoint en peine,
De-peur d'être noyés,
Colant, chose certaine,
Tout comme deux tartaines.
A-t-on vu de ches jours
De pus sales z'amours?

Jonnes filles du village,
Quand vous faites l'amour,
Soyé un pau pu sages;
Si un vous carasse ou bage,
I ne faut point allé
Si près de ches privés.

LA

FILLE MÉCONTENTE.

Air : *Chantons Lætamini*, noté
n.°

Toudi êtes aveu s'mère,
Tondi le cœur saisi :
L'pu p'tite cose qu'un peut faire,
Aussitôt elle vous cri :
Cha n'durera mi doudi.   *4 fois.*

Pour mi je n'sé qn'men faire
Etant fille anjonrd'hui ;
En souffrant i faut s'taire,
U si non, un vous cri :
Cha n'durera, etc.

Comme enne ante si j'veux faire
Pour encaché m'n'ennui ,
Me mère toute en colère
Vient crïer aprè mi :
Cha n'durera, etc.

L'soir, ayant fé m'n'ouvrage,
Si j'm'assis à nos hui,
Elle vient me faire tapage,
Me traitant d'étourdi..
Cha n'durera, etc.

Du soir si men compère
Vient m'vir dans nos courti,
Tout aussitôt me mère
Vient crier après mi :
Cha n'durera, etc.

Jour et nuit queu désorde !
Tont jusqu'à den men lit ;
Si enne puche m'vient morde,
Je m'gratte, et me mère cri :
Cha n'durera, etc.

Si m'en compère Jean-Pierre
Avot pitié de mi,
I f'ros mieux me z'affaires
Que me mère aujourd'hui.
Cha n'durera, etc.

J'iros d'ichi à Rome,
Pour avoir men plaisi.
J'aros pas quere un homme
Qu'enne mère qui toudi cri :
Cha n'durera, etc.

CHANSON

Sur un Tourquennois qui a acheté à Lille de le semence de sucre.

Air noté n.° 11.

Un Tourquennois sen va au chu-
    quérier,
Li demande, quoiche vous vendez?
Je vends del semenche de chuque.
Du chuque un s'en léqueroit les
    dogts.   *bis.*
D'en l'été y vient tons les mos. *bis.*
   Doucque, doucque, doucque.

Le Tourquennois li répond aussitôt,
Baillé m'en pour tros lives de gros,
Baillième le pus rare,
Bailliem zen du dro et du tortu, *bis.*
Car j'ai envie d'en semer dru. *bis.*
   Doucque, etc.

Che Tourquennois s'en va à se ma-
 geon,
Raconté à se femme tout de bon,
J'ai del semenche de chuque.
Va te peut bien laiché-là t'en den-
 telé,   *bis.*
J'te réponds qu'nous sommes ri-
 ches assez.   *bis.*
 Doucque, etc.

Che Tourquennois s'en va à sen
 courti
Arraché carote et radi,
Puns d'tierre, aussi beterave,
Des choux cabus, navets et rémo-
 las,   *bis.*
A semé s'en chuque à plein bras. *b.*
 Doucque, etc.

Le première pleuve qui a venu,
Sen chuque y étoit tout fondu,
Y gratoi à s'n'oreille ;
Y va dire à se femme tout ému, *b.*
V'là tout men courtillage perdu. *b.*
 Doucque, etc.

Ah ! si jamé que Brûle-Majon,
Repasseroit en che canton,

Ch'tro unne histoire ben drôle.
Den Lille et den tous les endrois , *b*.
Un parleroit de che Tourquennois.
    Doucque, etc.   **bis.**

PIERROT D'AMBRI,

CHANSON TOURQUENNOISE.

Sur un air connu.

JE vodros savoir Jean Martin , *bis*
Tout depuis que Miché Morin
Est mort ? Queu grand damage ? *b*.
Ché li qui faigeoit le zaffaires
Deden notre village.

Miché Morin étoi savant ,
Mais nous n'davons un à présent
Qui n'est n'en moins habile ;
Car y a unne voix , quand y cante,
Aussi claire qu'unne fille.

Si un a trouvé sen restor,
Un a donc trouvé un trésor,

Su la terre et su l'onde,
Miché Morin passoi encor
Pour le premier du monde.

Connoissez-vous Pierrot d'Ambri,
Aveuc sen petit capiau gris,
Y n'est mardi nen bête,
Ché li qui tend les ornemens
Des dimainches et des fiêtes.

Y sonne troi cloques au matin,
Unne à ses pieds, deux à ses mains,
Et ben d'autre z'entreprises;
Jusqu'à les quiens de ses wigins,
Les cache hors de l'églige.

Un dit qu'il est savant docteur
Et qui a li Richard sans peur,
Aussi Robert le Diale,
Y seroi bon prédieateur
Si en étoi capable.

Il est distillé en esprit
Et y boute sen nom par écrit,
Y sait canter sans peine,
Sans avoir appris le latin,
Tous les jours de la semaine.

Quand y tient l'armenac en main
Y vous dira les jours des saints,
Et y conte d'ven s'manche,
Y sait par cœur que le lundi
Arrive après le dimanche.

Que Monsieur d'Ambri est savant !
Y connoi tous les jours de l'an,
Chet un bon Magister ;
Y sait aussi que le printemps
Arrive après l'hiver.

Y va au village wigin
Drot sans demander sen quemin ;
Chet un terrible homme ;
Un jour y a eu le dessein
De s'en aller à Rome.

Si étoi parti en courant
Y seroit déjà ben avant,
Mais y est survenu de l'ouvrage,
Y a remis deden chent ans
A faire che grand voyage.

Quand y sera revenu on en
aura des nouvelles.

CHANSON

Sur le tour que firent des Ecoliers à la femme d'un Censier de Tourcoing.

Air : *De l'Homme de fer,*
Ou, *Voilà la différence.*

MESSIEUX je vois vous conté
De choù qui vient d'arrivé
   A unne cincière ,
Den le bourg de Tourcoing ;
Messieux je ne vous ment point ,
   Grammen de misère.   *bis.*

'Tros étudians tout de bon ,
S'ennalant tendre à mouchons
   Au mitant del cour ;
Je vous dirai pour chertain ,
Que cha été à Poutrain ,
   Qu'on a jué l'biau tour.   *bis.*

Le cincier tout courouchié
Y leux a dit : Mes damnés ,

Si te requeminche ,
Au père maîte j'irai de ch'pas,
Y t'fera servir saint Colas
    Pour te pénitenche.   *bis.*

Le lendemain au matin
Ont retourné à Poutrain ,
    Pour le même affaire ;
Le cincier tout aussitôt
En pren un le rue au flo ;
    Hélas ! quen misère !   *bis.*

Là che povre étudiant,
Se véant rempli de bren,
    Crioit au secours ;
Digeot à ses compagnons :
Va demain nous le jurons
    Bin un autre tour.   *bis.*

Le lindemain pour asseuré ,
Y ont été acaté
    Unne séquoi qui colle ;
Ont retourné à Poutrain ,
Ayant tous tros bon dessein
    De jué leux rôle.   *bis.*

Allons donc n'en parlons pu ,
Y nous faudra preindre au glu

Chelle jolie cincièfe.
Nous faudra tout emblavé
Autour del commodité ,
   El' s'ra pris parderrière.   *bis.*

Après avoir bien soupé ,
L'cincière à l'accoutumé
   S'in va al basse-cambre,
Croyant d'avoir fé assé ,
Elle pensot de sen allé ,
   Mais point d'apparence.   *bis.*

In criant Jesus Maria !
Qui esche qui me tient par-là ?
   Vené , Jean-Batisse ,
Min pauvre cu est collé ,
Je ne peut pu m'in allé.
   Et che incore pisse.   *bis.*

Le cincier tout aussitôt
Appelle sin varlet Piérot
   Pour avoir du secours ;
Apporte in pau men martiau
Pour décloer tous ces claux
   Qui tienne ta l'entour.   *bis.*

Le cincier s'est innalé ,
Et deux varlets aux côtés

Qui tenoient l'leunette ;
L'homme allot tont au mitant
Qui muchot le tour tout blanc
    Aveuc unne serviette.   *bis.*

Y se sont bin consulté
Comme y aroient décollé
    Chelle grande leunette ;
Y faudrot me caufé de l'iau
Et trimpé tout comme y faut
    Autour del' rosette.   *bis.*

Velà sin cu ben trempé,
Y qu'minchot à décollé,
    Y criot corage ;
Femme y faut vous consolé,
Si l'malheur est arrivé,
    Y faut faire l'ouvrage.   *bis.*

V'là sin cu tout dégagié,
Elle sin est allé conquié
    Tout près de se n'homme ;
Y s'sont indormis là-dessus
Et n'ont pu pensé au glu ,
    Y n'ont fet qu'un somme.   *bis.*

Le lindemain pour asseuré ,
Croyant de povoir se levé

Pour allé battre le bure ;
Mais y a été trompé
Quand y sa senti collé
Sur se créature.   *bis.*

Cha vous apprindra, cincier ;
De défendre aux écoliers
D'aller den vos cours :
Si vous l'avite point défendu,
Y n'arotte point pris au glu
L'objet de vos amours.   *bis.*

Tout chechi est arrivé
A Tourcoing pour asseuré,
Tout près du collége.
Pour chela le cincier de Pontrain
Donnerot bien tros chens florins,
Et qu'personne ne l'séche. *bis.*

CHANSON

Composée et chantée par Brûle-
Maison, touchant l'embarras
de son petit ménage.

Air : *De la Promenade du tour
de Lille.*

VENEZ tous garçons de Lille,
Pour entendre ma chanson ;
C'est de moi, pauvre Brûl-Maison.
   Écoutez filles,
Voici ma désolation,
   Je suis débil.

Me voilà dans l'esclavage
Réduit depuis quelque temps ;
Il me faudra être à présent
   Un peut plus sage ;
Car on souffre bien des tourmens
   Dans le ménage.

Pour quelque douce parole,
J'ai vendu ma liberté ;

D'autres que moi s'y sont trompé,
   Je m'en console ;
Je ne suis point en vérité,
   Seul de ce rôle.

J'ai vu que j'étois mon maître
Quand j'étois à marié ;
A présent je suis le valet,
   Car l'on me traite,
Ainsi qu'un enfant nouveau né,
   A la baguette.

Quand ma femme est en colère,
Ma foi je ne dis plus mot,
Crainte d'avoir le ratro,
   Je sais me taire ;
Il faut que je passe pour sot,
   Pour lui complaire.

Si je vais boire chopine
Dedans quelque cabaret,
Aussitôt elle me vient cherché
   Dans la cuisine ;
Dit : As-tu bientôt bu assez ?
   De sure mine.

Pour appaiser sa colère,
Lors je lui dis en douceur :

A ta santé mon petit cœur,
  Ne soit sévère ;
Elle passe sa méchante humeur
  Avec ce verre.

Faut que je vous fasse sage
De mon plus grand déplaisir :
C'est que j'ai tâché mon habit
  De mariage ;
Elle ma grondé quand elle le vit,
  Dit : Quel dommage !

Ce n'est pas chose nouvelle,
Il faut dedans le logis,
Pour le ménage entretenir,
  Mille bagatelle ;
Il faut travailler jour et nuit
  Dans sa cervelle.

Bons garçons je vous conseille
De ne point faire comme moi ;
Appliquez plutôt votre choix
  A la bouteille.
Avec elle on est en grande joie,
  L'on fait merveille.

Mais quand je pense à ma femme,
Et que je suis content,

Je ris et je passe le tems,
  J'éteins ma flamme ;
C'est pour attraper votre argent
  Que je la blâme.

CHANSON

PLAISANTE,

D'un homme qui a acheté un petit cochon de lait, au cabaret de la nouvelle Epine, faubourg de S. Maurice.

Air : *Quand on veut passer un pont.*

FAUT chanter à cette fois ,
D'un perruquier de Lannoi ;
Il n'est pas de cet endroit ,
Il y tient son domicile ;
Car on dit qu'il est ma foi
De Paris la grand'Ville.
Peu m'importe d'où il soit :
En retournant à Lannoi ,

Il s'en fut boire une fois
Au faubourg de Saint Maurice ;
Ce fut dedans cet endroit,
Qu'on a ri en délice.

Lhôte avoit dan sa maison
Un joli petit cochon,
Tout aussi doux qu'un mouton,
Courant par sa cuisine,
Le marchandant tout de bon
A la nouvelle Epine.

Le cochon étoit petit,
Il l'a vendu un bas prix :
Vingt sous, un pot de bonnis
Pour ne point s'en dédire ;
Mais quelqu'un de ses amis
A fait un tour pour rire.

Il était embarrassé
Comme il pourroit l'emporter,
Lors on lui a conseillé
De le mettre dans un sac ;
Le tour fut des mieux faits,
On en rit jusqu'à Marcq.

Il y avoit dans cet endroit
Des drôles de corps de Lannoi ;

Dans le tems qu'on l'amusoit
Sur plusieurs remarques,
On mit le chien de l'endroit
Pour le cochon au sac.

On lie le blanc chien dedans ,
Lors il dit en l'emportant,
J'en ai bien pour mon argent,
Ce ne sont pas des prunes ,
Car ma foi il est pesant ;
J'ai fait bonne fortune.

Toute la compagnie sitôt
Est montée à charriot ;
On disoit des petits mots
En prisant son emplette ,
Ne pensant pas ce nigaud ,
Qu'était changé sa bête.

Arrivant à l'Empempont,
On déchargea le cochon ;
Les autres disaient de bon :
Lui faut donner de l'air ;
Voyant leurs bonnes raisons ,
Voulut les satisfaire.

Dans une place enfermé ,
Le sac on a délié :

Criant qu'il s'auroit sauvé,
Chacun se tenoit prête ;
Le chien blanc épouventé
Sauta par la fenêtre.

Le perruquier fut surpris,
Crut que c'étoit un esprit,
Disant mon cochon a pris
D'un esprit malin l'ombre :
Il resta tout interdit,
Devenant foible et sombre.

Tout en riant , les voisins ,
Lui donnoient du brandevin ;
Disant : c'est l'esprit malin
De notre voisinage ;
Nous n'aurons plus peur enfin ,
Puisqu'il est au Village.

Voilà le tour nouveau
Qu'on a fait à ce badaud :
De Leers, Roubaix, Mouveau,
De Toufflers, Liche et Hein ,
On rit de ce tour nouveau ,
Garçons, filles et femmes.

CHANSON

D'unne Tourquenniose et de s'n'homme, qui se sont tous les deux enrostés.

Air : *Etant un jour au fourbou del' Madeleine.*

LES Tourquennios
En font toudi des bielles ,
Ben fraîches et nouvielles,
Un sait ben tretous
Qui sont à mitant fous ;
Car gros Franchos
Aveuque se femme Zabette,
Rostes comme des biettes,
Ont fet un biau tour ,
A en rire pu d'un jour.

Par un matin
Zabette, brave et fière ,
Venant de l'Marlière,
Pour boire unne fos ,

Entre à le Rouge-Cros,
Elle a tant bu
De brandevin d'anisse,
Qu'elle en fut si grise,
Deden che tracas
Elle queot pas à pas.

Buvot sans fin
Chelle boisson trompeuse,
Zabette joyeuse
Buvot tout d'un trez
Chaque demi-potée :
Elle en a bu
Au moins pour quinze livres,
Tant qu'elle en fut ivre,
Elle a ben et biau
Deslouffé comme uu viau.

Deden se majon
Un a ramené Zabette,
Sur unne brouette,
Elle se met à l'instant
Den le berche de l'eufant ;
Mais gros Franchos
En arrivant sur l'heure,
L'a berché deux heures,
Tapot sur sen dos,
Digeant faite dodo.

Ayant dormi
Deux heures, elle se réveille
En grattant s'n'oreille ;
Elle s'écrie à l'heure :
Que j'ai ma à men cœur !
Va, va, Franchos,
Va querre unne gouttelette
Pour refaire me tiette,
L'Rouge-Cros n'est point long,
Un en vend du si bon.

Alors Franchos,
Pour plaire à se marotte,
Il queurre et se trotte,
Etant arrivé,
Il en but un bon trez ;
Ah ! qu'il est bon,
S'écria-t-il de même,
Je ferai comme me femme ;
Apporte un grand pot,
Je veux boire tout men sot.

Pour deux écus
Il en but sans rien dire ;
Mais il fit bien pire,
Arrivant den s'majon,
Roste comme un cochon,
Tout basainnant,

Un grand pas il allonge,
Y qué den l'esponge,
U qui s'endormit,
Croyant ette den sen lit.

En chanquillant,
Y dormot comme un Loire,
Il a queu, faut croire,
Le nez jus du blo,
L'esponge sur sen dos;
Zabette alors
Véant chelle bielle ouvrage,
Queurre au viginnage,
Digeant : v'nez tretous,
M'n'homme est queu l'panche de-
zou.

Tons les vigins
Ont répondu : vous êtes
Pus souls que des biettes;
De vous enivré
Nous v'là déshonorés;
Vous savez ben
Que les quianteux de Lille
Sont fins et subtils,
Y quianteront partout
Des quianchons dessus nous.

ÉLOGE

DES

OISEAUX DE TOURCOING.

Air *connu.*

Hé de tous les ogiaux,
Nu n'oserot dire mot ;
Il n'y a rien d'si joli
Que che compère loriot ;
A un si beau pleumage ,
Quand ou le tin den se main ,
Qu'on ne l'oserot norir
Qa'tout au purin blanc pain.

Il n'y a rien de si sot
Que che bec bos ,
Il quitte se femeille
Pour aller au bos ;
Et quand il vint den che **bos**
Il s'ajoque drot là ,
Il carne , il carne , il carne,
Il se carniche là.

Et c'est ce gros mouyiár,
C'est un si grand criard,
Mais pour faire sin nid
Il n'atin nin trop tard,
Car au mos de janvier,
Fache aussi frod qui veut,
Pour li couver ses heux,
Il fait du mieux qui peut.

Et c'est chelle cardonnette,
Si belle et si proussette,
Qu'elle fait toudi sin nid
Au soir à le brunette,
Car elle n'oserot mi,
Lè faire au-deven des gens ;
Aussitôt qu'on le vot,
Aussitôt qu'on le prend.

Et c'est ce petit tarin,
Tout timpe du matin,
Qui cante trelintintin,
Au bout de not gardin ;
Il est si revelen,
Pour pouvoir l'attrapé
Il faudrot sur se queu
Pouvoir mettre du sé.

Et c'est ce gros mouchont
Qui fait sen tour tout rond ,
A canne et à cannette
Autour de nos majons ;
Mais si c'est des grelins
On les laisse involé ;
Mais si c'est des gros becs
Ils sont ben estémés.

CHANSON

Sur le grand voyage de Lille
à Douai , par la Barque ,
qu'ont entrepris plusieurs
garçons de Lille, et les grandes raretés qu'ils ont vues.

Par Brule - Maison.

Air : *Un jour étant à la débauche.*

Ayant envie de voir le monde ,
Ayant dessein de tout risquer ,
Sans craindre les flots ni les ondes ,

J'ai résolu de m'embarquer,
En l'année vingt-trois d'abord,
Remarquant le quantième.,
Nous nous sommes trouvés au port
Des îles de Wazemmes.

Résolus de faire le voyage
Pour aller à Douai tout droit,
Nous étions pour tout équipage,
Une douzaine de Lillois.
Tous gens de cœur pour le vrai,
Sans craindre terre ni l'onde,
Pour aller voir dedans Douai
Toutes les nations du monde.

Dedans le coursier de la Deûle,
Aussitôt nous sommes embarqués,
Laissant toutes nos familles en deuil
En les quittant au Savetier ;
Au troisième coup de canon
De la cloche fatale,
Nous nous sommes rangés tout de
          bon
Dedans le fond de cale.

Les soupirs, les sanglots et larmes
De nos amis et nos parens,

Pour nous ce n'étoit que des char-
     mes ,
Quand nous vîmes les voiles au vent;
Nous traversâmes les vaisseaux ,
D'une ardeur nouvelle ,
Tant que nous fûmes en train sur
     l'eau.
Derrière la Citadelle.

Nous fûmes droit à la redoute
Nommée le Pont de Canteleux ;
Par trois coups de cloche on écoute :
Nous sommes partis de ce lieu
Droit à la Planche à Quesnoi,
Allant de grand courage ,
Nous avons passé ce détroit
Sans faire de naufrage.

J'avons passé sans épouvante
Les îles , les rivières et les bois,
Et la terre multipliante
Des promenades des Lillois ,
Et le pont de Los pour certain ,
Traversant le dimanche ,
Arrivant au pont d'Haubourdin
Dedans la terre franche.

De la vue de Beaupré gentille,

Côtoyant les bois d'Hanbourdin ,
De la rade des belles filles ,
Nous fûmes au bac à Wavrin ;
Et delà nous fûmes tout droit
Traverser les Ansereuilles ;
Nous avons passé ce détroit
Sans craindre les écueils.

Notre navire traînant sur sable ,
Nous arrivâmes au pont de Don ,
Où l'on voit l'écluse admirable ,
Des moulins, machines aux poissons ;
Nous admirâmes en cet endroit
Les raretés du refuge ,
Quand on nous a montré un bois
Inondé du déluge.

Ayant monté notre Tartane ,
Grand'changement avons trouvé ,
Comme de la mer Océane
A la mer Méditerrannée ;
D'un creux canal et belles eaux ,
Nous fûmes plus cancres ,
Arrivant au pont de Berclau ,
Nous avons jeté l'ancre.

Nous vîmes la barque des Dames ,
A l'arrivée de la Bassée ;

Pour pilote elles ont une femme
Qui sait naviguer et dresser :
On a chargé et déchargé
Plusieurs ballots de toiles ,
A midi et demi sonné
Nous remîmes à la voile.

Passant regardant sur la droite ,
J'avons vu de nos propres yeux
L'endroit de la grande défaite
Par les habitans de ce lieu.
Sur des barques et petits bateaux,
Tous ces cœurs martials,
Ils ont fait au milieu des eaux
Un grand combat naval.

On découvre des îles suivantes,
Où le peuple est moins blanc qu'un
    œuf ;
Ces endroits sont des terres brû-
    lantes
Qu'on en pourrait rôtir un bœuf :
Ces gens-là sont demi-marins
Qui bordent la rivière ,
Car ils se tiendroient pour certain
Dans l'eau un jour entier.

Bien la moitié vivant de pêche ,

Car ce sont des loutres aux poissons,
Dans des maisons comme des crê-
    ches,
Brûlant la terre pour la façon ;
Delà au bac de Meurchin,
Où tout le peuple abonde ;
Plus bas on découvre Carvin,
La plus belle tour du monde.

Au rencontre de l'autre barque
Qui s'en alloit d'où nous venions,
Leur cloche nous donnant des mar-
    ques
Qui leur manquoit des provisions,
Nos deux vaisseaux sont amarés,
Prenant des choses utiles,
Nous les avons ravitaillés
Pour aller jusqu'à Lille.

De l'autre côté quand j'y pense,
Où il s'est fait tant de fracas,
On voit la belle plaine de Lens
Et la tour où volent les chats,
Là où il s'est fait tant d'efforts,
Près de cette anticaille,
Bien trente mille éperons d'or
Gagnés après la bataille.

Quand un vent de nord accompa-
      gné,
A pleine voile on gagne chemin,
En marécages et campagnes
Droit au port du Pont-à-Vendin,
Où on décharge les ballots,
Allant venant de France,
Et du savon par quartelots,
Pour Arras tout s'avance.

Pour monter la barque on se presse
Et pour descendre également,
On perd, on gagne des maîtresses,
Causé par le grand changement ;
Aussi l'on change de chevaux,
Trottant sur la carrière,
Lesquels étant frais et nouveaux,
L'on vogue vers Courrière.

On voit le beau bassin sans fourbe,
Car c'est un travail bien adroit,
Où passent les meilleures tourbes
Pour Lille et pour autres endroits,
L'écluse répond au canal
D'Arne et sa dépendance,
Qu'on a fait avec bien du mal,
Pour aller droit à Lens.

Arrivant dans les hautes dunes,
Nous avons passé la batterie
Et les pilliers de l'infortune,
Qu'on nomme justice d'Oignies,
Passant d'Arponlieu le Château,
Belle vue pour la campagne,
Nous arrivâmes au Pont-à-Saulx,
Dans les hautes montagnes.

Baissant le mât, la voile on trousse,
Passâmes le pont hardiment,
L'on voit des fontaines d'eau douce;
Grand secours pour les habitans!
Les matelots, comme un éclair,
Sautent en bas, se détachent,
Se munissent d'eau et de terre
Propres à ôter les tâches.

Ayant passé de façon belle,
La planche de Noyelles-Godeau,
Delà la planche de Courcelles;
Où les monts ne sont plus si hauts,
Puis au pont d'Auby hardiment,
Ce passage ressemble,
Il va du levant au couchant,
C'est comme un pont qui tremble.

Quelqu'un nous barbotant des lè-
        vres,
Vois-tu là haut sur ces buissons?
C'est le pays de Mons-en-Pévèle,
Où les fromages sont si bons.
On voit Ribaucourt et ses murs,
Regardant sur sa droite,
Là où est la manufacture
A faire des allumettes.

Ne faut oublier les merveilles
Qu'on voit près du pont d'Origny,
D'une rivière sans pareille
Qui prend son cours près de Cuincy,
Prenant son cours et son ruisseau
Par Planque et Wagnonville,
Ayant passé près du château,
Vint au canal de Lille.

On en doit remplir un recueil;
Car c'est un travail bien savant,
La rivière passe sous la Deûle
Où vogue notre bâtiment,
D'un grand marais prend le che-
        min,
Dans la plaine chemine,
Pour faire tourner les moulins
De ces Dames de Flines.

Puis nous voguâmes au fort de
    Scarpe,
Là où on change de rivière,
La Deûle tombe dans la Scarpe,
C'est tout comme un reflux de mer ;
C'est là qu'on rencontre marée
Du Fort au Mariage,
Là où nous avons espéré
De finir le voyage.

Par-là des compagnons tous sau-
    tent,
Prenant chacun des avirons,
Pour assister nos deux pilotes,
En grande peine nous arrivons
Sur la cabane du rempart,
Nos mariniers habiles,
Criant, descendez, prenez garde,
Nous voilà sous la grille.

Pour voir arriver le navire,
Cent personnes se trouvent au port,
On n'entend que crier et dire :
Jacques est-il là ? Jean est-il mort ?
L'un crie mon père ; l'autre mon
    fils ;
L'autre crie Isabelle ;

Quelqu'un pleure et l'autre rit ;
Tous selon les nouvelles.

Enfin nous mîmes pied à terre
Dans Douai la première fois,
Beaucoup de gens de plusieurs terres
Nous avons vu en cet endroit.
Les Anglais disoient *Audidoux*,
Les Italiens *Que nové* ;
Les Liégeois disoient *Estifoux*,
Les Flamands *Goudenauve*.

Plus légers que du bois de Liége,
Fûmes trois jours pour visiter
Tous les Séminaires et Collèges,
Et les autres curiosités
Que l'on peut voir dedans Douai,
Car il est bon d'apprendre ;
Nous fûmes aussi voir le Palais
Du Parlement de Flandre.

CHANSON

De la complainte que font aujourd'hui les blasés de Lille.

Par Brule-Máison.

Air : *Du mariage du roi d'Epagne.*

Ecoutez ma complainte ,
Mes chers frères blasés ,
Je sens mon ame atteinte
Et mon corps consommé ;
Sur moi la mort est peinte ,
Je suis tout enflammé ,
Et je me vois sans feinte
Tout vivant trépassé.

Dès ma tendre jeunesse
Je fus par trop enclin
D'avoir trop la foiblesse
D'aimer le brandevin ;
O maudite eau-de-vie !
Qui t'a nommé à tort ;

On t'appelle eau-de-vie ,
Je te nomme eau de mort.

Elle a tué mon père.,
Ma mère pareillement ,
Et fait mourir mon frère ,
Plusieurs de mes parens ,
A la fleur de mon âge
Faut-il donc que je meure ?
Oui , car mon parentage
A subi le malheur.

Quand je vois mon visage
Devant quelque miroir ,
Et aussi mon corsage ,
Je suis au désespoir ;
Mon teint couleur de rose
Et blanc comme l'ivoire ,
Est en métamorphose ,
Bleu , pâle , jaune et noire.

Mes mains , mes bras , mes jambes
Me conduisent au tombeau.
Tous les membres me tremblent
Tout jusqu'à mon cerveau ,
Je ne suis plus agile ,
O maudite boisson !

Qui rend mon corps débile
Et aussi moribond.

Jamais je ne repose,
Je ne fais que languir,
Je travaille à ma fosse
Et je me vois mourir,
Ce n'est point une fable,
Mais c'est la vérité,
Tous les maux qui m'accablent
Me le font publier.

Le médecin m'ordonne
De quitter l'eau-de-vie,
Mais si je l'abandonne
Je vais perdre la vie ;
Puisque la chose est telle,
Qu'il nous faut tous mourir,
Viens, ma chère bouteille,
Viens donc me secourir.

A la mort il me semble
Que je suis condamné,
Tous les membres me tremblent,
Je ne puis plus marcher,
Mes forces aussi se perdent,
Mes poumons sont brûlés,

Il n'y a plus de remèdes ,
Et il faut m'en aller.

L'homme , quoiqu'il soit sage ,
Se laisse succomber ,
Le plus souvent s'engage
De boire une potée ,
Potée et puis une autre ,
Encore une et puis plus ,
On fait comme les autres
Et l'on se met à cul.

Un buveur d'eau-de-vie
Se voit de jour en jour
Couper par cette vie
Le fil de ses beaux jours ,
Rarement dans la vie
On a vu des blasés ,
Qui ont, je certifie ,
Grande envie de manger.

C'est par expérience
Que je suis si savant ,
Je bois avec outrance ,
Je mange rarement ,
La blasure me dégoûte ,
M'enlève l'appétit ,

Tout ce qui me ragoûte
C'est force d'eau-de-vie.

Je vois mes camarades
Souvent au cabaret,
Manger une salade,
Chapons, pigeons, poulets,
N'est besoin de moutarde
Pour bien les ragouter,
Et moi je les regarde
Sans pouvoir en manger.

J'ai vu dans ma jeunesse,
Etant au cabaret,
Que je mettois en pièces
Chapons, pigeons, poulets,
Une simple alouette
Me sert pour deux repas,
Je vous jure et proteste
Je ne la mange pas.

Je plains ma triste vie,
Mon sort et mon destin,
D'aimer trop l'eau de-vie,
Ce maudit brandevin,
O malheur sans pareil !
Plus malheureux buveur !

Je me cherche querelle
D'aimer cette liqueur.

L'homme exempt de ce vice
Vit joyeux et content,
Bannissant l'avarice,
Dépensant son argent
A faire bonne chère,
Est cent fois plus heureux
Qu'un de mon caractère,
Car je suis malheureux.

Qu'une femme est à plaindre
D'avoir un tel mari,
J'ai beau à me contraindre,
De la voir je ne puis,
Quoiqu'elle dise des contes,
Me parlant de douceur,
Jamais dans ce rencontre
Ne montre ma valeur.

Par ainsi dedans Lille
On ne s'étonne plus,
S'il y a dans cette ville
Grand nombre de c....;
Jugez si une femme
Se doit bien contenter,

Pour éteindre sa flamme
Par un mari blasé.

La chose est véritable,
Je le vois en ce jour,
Je ne suis plus capable,
J'ai passé mes beaux jours,
Je vous fais mon éloge,
Messieurs, je ne mens pas,
Ce n'est pas un mensonge,
Le croira qui voudra.

Ne suis-je pas à plaindre
D'aimer cette liqueur?
Je ne puis me contraindre
De la mettre en horreur,
Me rendant misérable,
Le sujet de mes maux,
Elle me tue, m'accable,
Et me met au tombeau.

L'homme qui a des affaires,
Enclin au brandevin,
Il laisse tout derrière,
Remet au lendemain,
Le lendemain de même
On recommence encore,
On passe des semaines,
L'homme cherche sa mort.

Vous, jeunesse de Lille,
Prenez exemple à moi,
Si je suis si débile,
Vous savez bien pourquoi,
Fuyez cette méthode
De boire le brandevin,
Mettez-vous à la mode,
Buvez plutôt du vin.

F I N.

N.º 3.

N.º 4.

N.º 5.

N.º 6.

N.º 7.

N.o 10.

N.º 11.

TABLE
DES CHANSONS

Contenues dans ce volume.

++++++++

FIN DE LA TABLE.

CALENDRIER
GRÉGORIEN
OUR L'AN DE N. S. J. C.
M. DCCC. XIII.

———

A LILLE,
z BLOCQUEL, Imprimeur-Libraire,
rue Esquermoise, N.° 38.

FÊTES MOBILES.

PAQUES,   18 Avril.
L'ASCENSION,   27 Mai.
LA PENTECÔTE,   6 Juin.

LES QUATRE-TEMPS.

LES 10, 11 et 13 Mars.
Les 9, 10 et 12 Juin.
Les 15, 16 et 18 Septembre.
Les 15, 16 et 18 Décembre.

COMPUT ECCLESIASTIQUE.

Nombre d'Or,   9.
Epacte,   XVIII.
Cycle Solaire,   2.
Indiction Romaine,   1.
Lettre Dominicale,   C.

JANVIER.

Jours.	j. m.	Noms des Saints	P. de la L.
vendredi	1	CIRCONCISION	
samedi	2	s. Macaire.	� Nouv.
Dim.	3	ste. Génevièv.	Lune
lundi	4	s. Rigobert.	le 2 à 5 h.
mardi	5	s. Siméon Sty.	30 min. du
mercredi	6	L'Epiphanie.	soir.
jeudi	7	s. Lucien , év.	
vendredi	8	ste. Gudule.	
samedi	9	s. Julien.	☽ Prem.
1 Dim	10	s. Guillaume.	quart.
lundi	11	s. Théodose.	le 9 à 10 h.
mardi	12	ste. Césaire.	36 min. du
mercredi	13	s. Hilaire.	soir.
jeudi	14	s. Félix de N.	
vendredi	15	s. Nom de Jés.	
samedi	16	s. Marcel , p.	⊕ Pleine
2 Dim.	17	s. Antoine.	Lune
lundi	18	Ch. s. P. à R.	le 16 à 6 h.
mardi	19	s. Omer, év.	13 m. du s.
mercredi	20	s. Sébastien.	
jeudi	21	ste. Agnès, v.	
vendredi	22	s. Vincent.	
samedi	23	ste. Emérent.	
3 Dim.	24	s. Babylas, év.	☾ Dern.
lundi	25	Conv. s. Paul.	quart.
mardi	26	s. Policarpe.	le 24 à 0 h.
mercredi	27	s. Jean Chry.	43 min. du
jeudi	28	ste. Agnèssec.	soir.
vendredi	29	s. Franç. de S.	
samedi	30	ste. Martine.	
4 Dim.	31	s. Pierre Nol.	

FÉVRIER.

Jours.	j. m.	Noms des Saints.	P. de la L.
lundi	1	s. Ignace.	Nouv.
mardi	2	La Purificat.	Lune
mercredi	3	s. Blaise, év.	le 1 à 8 h.
jeudi	4	s. Andréde C.	45 min. du
vendredi	5	ste. Agathe, v.	matin.
samedi	6	ste Dorothée.	
5 Dim.	7	s. Romuald.	
lundi	8	s. Jean de Mat.	Prem.
mardi	9	s,te Apoline.	quart.
mercredi	10	s. Policarpe.	le 8 à 6 h.
jeudi	11	s. Sewerin.	11 min. du
vendredi	12	ste. Eulalie.	matin.
samedi	13	s. Martinien.	
Dim.	14	Septuagésime.	
lundi	15	s. Faustin.	Pleine
mardi	16	ste. Julienne.	Lune
mercredi	17	s. Donat, m.	le 15 à 8 h.
jeudi	18	s. Siméon.	52 min. du
vendredi	19	ste. Ernestine.	matin
samedi	20	s. Eleuthère.	
Dim.	21	Sexagésime.	
lundi	22	Ch. s. P. à An.	
mardi	23	s. Milburge.	Dern.
mercredi	24	s. Mathias.	quart.
jeudi	25	s. Alexandre.	le 23 à 9 h.
vendredi	26	ste. Adeltrude	53 m. du m.
samedi	27	s. Léandre.	
Dim.	28	Quinquagés.	

MARS.

Jours.	j. m.	Noms des Saints.	P. de la L.
lundi	1	s. Albin , év.	
mardi	2	s. Simplice.	Nouv.
mercredi	3	Les Cendres.	Lune,
jeudi	4	s. Casimir.	le 2 à 9 h.
vendredi	5	s. Théophile.	39 min. du
samedi	6	ste Colette , v.	soir.
1 *Dim.*	7	Quadragésime	
lundi	8	s. Jean de D.	
mardi	9	s.te Françoise	Prem.
mercredi	10	Quatre-tems.	quart.
jeudi	11	s Firmin , ab.	le 9 à 1 h.
vendredi	12	s. Grégoire.	52 min. du
samedi	13	ste Euphrasie.	soir.
2 *Dim.*	14	Reminiscere.	
lundi	15	s. Longin.	
mardi	16	s. Abraham.	
mercredi	17	s. Patrice.	Pleine
jeudi	18	s. Gabriël , ar.	Lune
vendredi	19	s. Joseph.	le 17 à 0 h.
samedi	20	s. Joachim.	57m. du m.
3 *Dim.*	21	Oculi.	
lundi	22	ste. Cath. de S.	
mardi	23	s. Julien.	
mercredi	24	s. Cyrile. év.	
jeudi	25	Annonciation	Dern.
vendredi	26	s. Iréné , év.	quart.
samedi	27	s. Isaac, relig.	le 25 à 4 h.
4 *Dim.*	28	Lætare.	55 min. du
lundi	29	s. Eustase.	matin
mardi	30	s. Amédée.	
mercredi	31	s. Benjamin.	

AVRIL.

Jours.	j. m.	Noms des Saints.	P. de la L.
jeudi	1	s. Hugues, év.	Nouv.
vendredi	2	s. Franç de P.	Lune
samedi	3	s. Richard, év.	le 1 à 8 h.
5 Dim.	4	La Passion.	4 min. du
lundi	5	s. Vincent.	matin.
mardi	6	s. Célestin.	
mercredi	7	s. Waltrude.	Prem.
jeudi	8	s. Albert, év.	quart.
vendredi	9	ste. Marie ég.	le 7 à 10 h.
samedi	10	s. Macaire, év.	37 m. du s.
6 Dim.	11	Les Rameaux.	
lundi	12	s. Jules.	
mardi	13	s. Herménég.	
mercredi	14	s. Marcellin.	
jeudi	15	s. Tiburne.	Pleine
vendredi	16	saint.	Lune
samedi	17	saint.	le 15 à 5 h.
Dim.	18	PAQUES.	29 min. du
lundi	19	s. Théodore	soir.
mardi	20	s. Sulpice, év.	
mercredi	21	s. Anselme.	
jeudi	22	ss. Soter et C.	Dern.
vendredi	23	s. Georges.	quart.
samedi	24	s. Fidèle.	le 23 à 8 h.
1 Dim.	25	Quasimodo.	34 min. du
lundi	26	ss. Clet et Mar.	soir.
mardi	27	s. Antime.	Nouv.
mercredi	28	s. Vital, mart.	Lune
jeudi	29	s. Pierre, mar.	le 30 à 4 h.
vendredi	30	ste. Cath. de S.	23 min. du
			soir.

M A I.

Jours.	j. m.	Noms des Saints	P. de la L.
samedi	1	s. Jacq. et Ph.	
a Dim.	2	s. Athanase.	
lundi	3	Inv. ste. Croix	
mardi	4	ste. Monique.	
mercredi	5	s. Maurant.	
jeudi	6	s. Jean P. Lat.	
vendredi	7	s. Stanislas.	☽ Prem.
samedi	8	Apparit. s. M.	quart.
3 Dim.	9	Tr. de s. Nic	le 7 à 9 h.
lundi	10	s. Antonin.	3 min. du
mardi	11	s. Gengoult.	matin.
mercredi	12	s. Nérée.	
jeudi	13	s. Servais.	
vendredi	14	s. Boniface.	
samedi	15	s. Isidore.	☺ Pleine
4 Dim.	16	s. Honoré.	Lune
lundi	17	ste. Restitue.	le 15 à 9 h.
mardi	18	s. Venant.	35 min. du
mercredi	19	s. Yves, évêq.	matin.
jeudi	20	s. Bernardin.	
vendredi	21	ste. Hélène.	
samedi	22	ste. Julie.	☾ Dern.
5 Dim.	23	s. Guilbert.	quart.
lundi	24	Rogations.	le 23 à 8 h.
mardi	25	s. Urbain.	17 min. du
mercredi	26	s. Philippe.	matin.
jeudi	27	ASCENSION	� Nouv.
vendredi	28	s. Germain.	Lune
samedi	29	s. Maximin.	le 29 à 11 h.
6 Dim.	30	s. Félix.	30 min. du
lundi	31	ste. Pétronille	soir.

JUIN.

Jours.	j. m.	Noms des Saints	P. de la L.
mardi	1	s. Pamphile.	
mercredi	2	s. Potin	
jeudi	3	ste. Clotilde.	
vendredi	4	s. Quirin.	
samedi	5	s. Boniface. év.	☽ Prem.
Dim.	6	PENTECOT.	quart.
lundi	7	s Mériades	le 5 à 9 h.
mardi	8	s. Médard	26 min. du
mercredi	9	Quatre-Tems.	soir.
jeudi	10	ste. Marie Eg.	
vendredi	11	s. Barnabé.	
samedi	12	s. Basilide.	
1 Dim.	13	La Trinité.	
lundi	14	s. Modeste.	⊕ Pleine
mardi	15	s. Vite, mart.	Lune
mercredi	16	ste. Lutgarde.	le 14 à 0 h.
jeudi	17	Fête-Dieu.	41 m. du m
vendredi	18	ste. Marine.	
samedi	19	s. Gervais.	
2 Dim.	20	s. Sylvère, p.	
lundi	21	s. Leufroi.	☾ Dern.
mardi	22	s. Paulin.	quart.
mercredi	23	s. Liébert.	le 21 à 4 h.
jeudi	24	Nativ. s. J. B.	25 min. du
vendredi	25	Transl. s. Eloi.	soir.
samedi	26	s. Jean et s P.	
3 Dim.	27	s. Ladislas.	● Nouv
lundi	28	s. Léon.	Lune
mardi	29	s. Pierre et s. P.	le 28 à 6 h.
mercredi	30	s. Martial.	35 min. du
			matin.

JUILLET.

Jours.	j. m.	Noms des Saints	P. de la L.
jeudi	1	s. Rombaut.	
vendredi	2	Visitat.	
samedi	3	ste. Hyacinth.	
4 Dim.	4	Tr. s. Martin.	
lundi	5	s. Agathon.	☽ Prem.
mardi	6	ste. Godelive.	quart.
mercredi	7	s. Willebaud.	le 5 à 11 h.
jeudi	8	s. Procope.	49 min. du
vendredi	9	ss. Mart. de G.	matin.
samedi	10	les 7 Frères m.	
5 Dim.	11	Tr. s. Benoit.	
lundi	12	s. J. Gualbert.	
mardi	13	s. Anaclet.	● Pleine
mercredi	14	s Bonaventure	Lune
jeudi	15	s. Henri, emp.	le 13 à 2 h.
vendredi	16	N D. du M. C.	33 m. du s.
samedi	17	s. Alexis, conf.	
6 Dim.	18	s. Frédéric.	
lundi	19	s. Arnould.	
mardi	20	ste. Marguerit.	☾ Dern.
mercredi	21	ste. Praxède.	quart.
jeudi	22	ste. Marie-M	le 20 à 10 h.
vendredi	23	s. Apollinaire.	6 m. du s.
samedi	24	ste. Christine.	
7 Dim.	25	s. Jacq. et s. C.	
lundi	26	ste. Anne.	
mardi	27	s. Désiré, év.	◉ Nouv.
mercredi	28	s. Nazaire.	Lune
jeudi	29	ste. Marthe.	le 27 à 2 h.
vendredi	30	s. Abdon.	52 min. du
samedi	31	s. Ignace de L.	soir.

AOUT.

Jours...	j. m.	Noms des Saints	P. de la L.
8 *Dim.*	1	s. Pierre ès l.	
lundi	2	N. D. des An.	
mardi	3	Inv. s. Etienne	
mercredi	4	s. Dominique.	☽ Prem
jeudi	5	ste. M. aux N.	quart.
vendredi	6	Transfi. N. S.	le 4 à 4 h.
samedi	7	s. Cajétan.	10 min. du
9 *Dim.*	8	s. Cyriaque.	matin.
lundi	9	s. Romain.	
mardi	10	s. Laurent.	
mercredi	11	ste. Suzanne.	
jeudi	12	ste. Claire.	☉ Pleine
vendredi	13	s. Hypolite.	Lune
samedi	14	s. Eusèbe, v. j.	le 12 à 3 h.
10 *Dim.*	15	St. NAPOLÉON	6 m. du m.
		ET ASSOMPT,	
lundi	16	s. Roch.	
mardi	17	s. Carloman.	
mercredi	18	ste. Hélène.	☾ Dern.
jeudi	19	s. Brice.	quart.
vendredi	20	s. Bernard.	le 19 à 2 h.
samedi	21	s. Albéric.	52 min. du
11 *Dim.*	22	s. Symphorien	matin.
lundi	23	s. Philippe.	
mardi	24	s. Barthélémi.	
mercredi	25	s. Louis, roi,	☉ Nouv.
jeudi	26	s. Zéphirin.	Lune
vendredi	27	s. Césaire.	le 26 à 1 h.
samedi	28	s. Augustin.	17 min. du
12 *Dim.*	29	Décol. s. J. B.	matin.
lundi	30	ste. Rose.	
mardi	31	s. Raymond.	

SEPTEMBRE.

Jours:	j. m.	Noms des Saints	P. de la L.
mercredi	1	s. Gilles , abb.	
jeudi	2	s. Lazare, roi.	Prem.
vendredi	3	ste. Euphémie.	quart.
samedi	4	ste. Rosalie.	le 2 à 1 oh.
13 *Dim.*	5	s. Bertin.	9 min. du
lundi	6	s. Eugène.	soir.
mardi	7	ste. Reine.	
mercredi	8	Nativ. N. D.	
jeudi	9	s. Omer, év.	
vendredi	10	s. Nicolas Tol.	Pleine
samedi	11	ste. Vindiciane	Lune
14 *Dim.*	12	s. Silvin.	le 10 à 2 h.
lundi	13	s. Aimé.	22 min. du
mardi	14	Exalt. ste. Cr.	soir.
mercredi	15	Quatre-tems.	
jeudi	16	s. Cornil.	
vendredi	17	s. Lambert.	Dern.
samedi	18	ste. Sophie.	quart.
15 *Dim.*	19	s. Janvier, év.	le 17 à 8 h.
lundi	20	s. Eustache.	17 min. du
mardi	21	s. Mathieu.	matin.
mercredi	22	s. Maurice.	
jeudi	23	s. Lin, p. m.	
vendredi	24	N. D. de la M.	Nouv.
samedi	25	s. Firmin, év.	Lune
16 *Dim.*	26	ste. Justine.	le 24 à 2 h.
lundi	27	s. Côme et s. D.	20 min. du
mardi	28	s. Privat.	soir.
mercredi	29	s. Michel arc.	
jeudi	30	s. Jérôme.	

OCTOBRE.

Jours.	j. m.	Noms des Saints	P. de la L.
vendredi	1	s. Remi et s.P.	
samedi	2	ss. Anges gar.	☽ Prem.
17 Dim.	3	s. Gérard.	quart.
lundi	4	s. Franç d'A.	le 2 à 4 h.
mardi	5	s. Placide.	55 min. du
mercredi	6	s. Bruno.	soir.
jeudi	7	s. Marc, pape	
vendredi	8	ste. Brigitte.	
samedi	9	s. Ghislain.	
18 Dim.	10	s. Franç. de B.	☾ Pleine
lundi	11	s. Germain.	Lune
mardi	12	s. Evagre.	le 10 à 0 h.
mercredi	13	s. Edouard, r.	40 min. du
jeudi	14	s. Calixte, p.	matin.
vendredi	15	ste. Thérèse.	
samedi	16	s. Donatien.	☾ Dern.
19 Dim.	17	ste. Hedwige.	quart.
lundi	18	s. Luc, évang.	le 16 à 3 h.
mardi	19	s. Pierre d'Alc.	43 min. du
mercredi	20	s. Caprais.	soir.
jeudi	21	ste. Ursule.	
vendredi	22	s. Sévere.	
samedi	23	s. Séverin.	
20 Dim.	24	s. Magloire.	● Nouv.
lundi	25	s. Crépin, s. C.	Lune
mardi	26	s. Evariste.	le 24 à 6 h.
mercredi	27	s. Florent.	5 min. du
jeudi	28	s. Simon et s. J.	matin.
vendredi	29	s. Narcisse.	
samedi	30	s. Lucain.	
21 Dim.	31	s. Quentin.	

NOVEMBRE.

Jours.	j. m.	Noms des Saints	P. de la L.
lundi	1	TOUSSAINT.	☽ Prem.
mardi	2	Les Trépassés	quart.
mercredi	3	s. Hubert.	le 1 à 11 h.
jeudi	4	s. Charles B.	7 min. du
vendredi	5	ste. Berthilde	matin.
samedi	6	s. Léonard.	
22 *Dim.*	7	s. Ernest.	
lundi	8	Les 4 Couron.	🌕 Pleine
mardi	9	s. Denis.	Lune
mercredi	10	s. Juste.	le 8 à 10 h.
jeudi	11	s. Martin, év.	32 m. du m.
vendredi	12	s. Liévin.	
samedi	13	s. Homobon.	
23 *Dim*	14	s. Clémentin.	
lundi	15	s. Eugène.	☾ Dern.
mardi	16	s. Edmond.	quart.
mercredi	17	s. Agnan.	le 15 à 2 h.
jeudi	18	s. Odon.	10 min. du
vendredi	19	ste. Elisabeth	matin.
samedi	20	s. Félix de V.	
24 *Dim.*	21	Présent. N. D.	
lundi	22	ste. Cécile.	
mardi	23	s. Clément.	🌑 Nouv.
mercredi	24	s. Florimond.	Lune
jeudi	25	ste. Catherine	le 23 à 0 h.
vendredi	26	s. Pierre Alex.	7 min. du
samedi	27	s. Maxime.	matin
1 *Dim.*	28	Avent.	
lundi	29	s. Mansuet, év.	
mardi	30	s. André.	

DÉCEMBRE.

Jours.	j. m.	Noms des Saints	P. de la L.
mercredi	1	s. Éloi.	☽ Prem.
jeudi	2	ste. Bibiane.	quart.
vendredi	3	s. Franç. Xav.	le 1 à 3 h.
samedi	4	ste. Barbe.	12 min. du
2 Dim.	5	s. Sabas.	matin.
lundi	6	COURONNEM	
		DE L'EMPER.	
		ET BATAILLE	
		AUSTERLITZ.	
mardi	7	s. Ambroise.	● Pleine
mercredi	8	Concep. N. D.	Lune
jeudi	9	ste. Léocadie.	le 7 à 8 h.
vendredi	10	ste. Melchiad.	34 min. du
samedi	11	s. Damase.	soir.
3 Dim.	12	ste. Constance	
lundi	13	ste. Luce.	
mardi	14	s. Nicaise.	☾ Dern.
mercredi	15	Quatre-Tems	quart.
jeudi	16	s. Evrard.	le 14 à 4 h.
vendredi	17	ste Gertrude.	2 min. du
samedi	18	ste. Adelaïde.	soir.
4 Dim.	19	s. Timoléon.	
lundi	20	s. Philogone.	
mardi	21	s. Thomas.	
mercredi	22	s. Flavien.	● Nouv.
jeudi	23	ste. Victoire.	Lune
vendredi	24	ste. Natalie.	le 22 à 7 h.
samedi	25	N O E L.	24 min. du
Dim.	26	s. Etienne.	soir.
lundi	27	s. Jean, évan.	☽ Prem.
mardi	28	Les ss. Innoc.	quart.
mercredi	29	s. Thomas C.	le 30 à 4 h.
jeudi	30	s. Sabin.	19 min. du
vendredi	31	s. Sylvestre.	soir.

PLANETES.

ON distingue ordinairement onze Planètes, qui sont :

Le Soleil.	Saturne.
Mercure.	Herschel.
Vénus.	Piazzi.
La Terre.	Olbers.
Mars.	La Lune.
Jupiter.	

On ne met point leurs Satellites au nombre des Planètes, quoiqu'ils en soient de véritables.

Suivant Copernic, c'est la Terre et non le Soleil qui est Planète; et pendant que la Lune, Satellite de la Terre, est entraînée par le tourbillon particulier de la Terre, autour du Soleil, elle fait en un an, autour de cette même Terre, 13, et quelquefois presque 14 révolutions périodiques, d'environ 27 jours et quelques heures.

ZODIAQUE.

LE Verseau.	Le Lion.
Les Poissons.	La Vierge.
Le Bélier.	La Balance.
Le Taureau.	Le Scorpion.
Les Gémeaux.	Le Sagittaire.
L'Ecrevisse.	Le Capricorne.

LES QUATRE SAISONS.

LE Printemps commencera cette année, le 21 Mars, à minuit 23 minutes.

L'Eté commencera le 21 Juin, à 10 heures 5 minutes du soir.

L'Automne commencera le 23 Septembre, à 11 heures 58 minutes du matin.

L'Hiver commencera le 22 Décembre, à 4 heures 47 minutes du matin.

ÉCLIPSES.

IL y aura cette année deux Eclipses de soleil et deux de lune.

La première Eclipse de Soleil, visible à Paris, arrivera le premier Février., à 8 heures 13 minutes du matin.

La première Eclipse de Lune, invisible à Paris, arrivera le 15 Février.

La seconde Eclipse de Soleil, invisible à Paris, arrivera le 27 Juillet.

La seconde Eclipse de Lune, visible à Paris, arrivera le 12 Août, à 3 heures 5 minutes du matin

www.ingramcontent.com/pod-product-compliance
Lightning Source LLC
Chambersburg PA
CBHW071229260626
47162CB00004B/1479